dtv

Jean-Antoine About ist der wenig präsentable Held dieser großen kleinen Erzählung, und sein Name ist Programm: Er ist »à bout«, am Ende, fertig mit sich und der Welt. Oder zumindest fast; denn als eines Tages ein Telegramm seiner vor vielen Jahren verstoßenen Tochter Edmonde eintrifft, schöpft der verwahrloste alte Mann Hoffnung auf ein gemeinsames Leben, auf Liebe und Vergebung. Er läßt sein Leben Revue passieren: seine jungen Jahre, in denen er Außergewöhnliches zu vollbringen hoffte, seine Ehe mit der wesentlich jüngeren Marthe, seine Hingabe an sein einziges Kind, die Tochter Edmonde – eine Geschichte des Scheiterns.
Und dann kommt die Tochter zurück. Wiederum geht der Protagonist »à bout«, bis zum Äußersten.

Emmanuel Bove wurde 1898 in Paris geboren. Der Sohn eines russischen Vaters und einer luxemburgischen Mutter verbrachte eine unruhige Jugend, unter anderem in Genf, Southend on Sea, Paris, Marseille und Tulln bei Wien, und hielt sich mit einer Reihe verschiedener Berufe über Wasser. Sein erster Roman ›Mes Amis‹ (1924) machte Bove in weiten Kreisen bekannt. 1926 suchte Rilke die Bekanntschaft des von ihm bewunderten jungen Autors. Bove schrieb mehr als zwanzig Romane und zahlreiche Erzählungen. Er starb 1945 in Paris.

Emmanuel Bove

Ein Vater und seine Tochter

Roman

Aus dem Französischen
von
Gabriela Zehnder

Herausgegeben und mit
einem Nachwort von
Bettina Augustin

Deutscher Taschenbuch Verlag

Von Emmanuel Bove
sind im Deutschen Taschenbuch Verlag erschienen:
Ein Junggeselle (12994)
Menschen und Masken (13041)

Titel der Originalausgabe:
›Un père et sa fille‹

Vollständige Ausgabe
Juli 2003
Deutscher Taschenbuch Verlag GmbH & Co. KG,
München
www.dtv.de

Umschlagkonzept: Balk & Brumshagen
Umschlagfoto: © MA Bresson/MAGNUM/FOCUS
Gesetzt aus der Bembo 11/13,5·
Gesamtherstellung: Druckerei C. H. Beck, Nördlingen
Gedruckt auf säurefreiem, chlorfrei gebleichtem Papier
Printed in Germany · ISBN 3-423-13099-7

Jean-Antoine About galt im Stadtviertel der Place Vintimille als wunderlicher Mann. Sein Alter war schwierig zu bestimmen. »Ich bin sicher, er ist gut und gern sechzig«, sagten die einen. Andere sahen in ihm einen Mann reiferen Alters, der vorzeitig gealtert war. Obschon er zu Beginn des Jahrhunderts in dieses Viertel gezogen war, kannte man ihn erst seit fünf, sechs Jahren vom Sehen. Seine unordentliche Kleidung, sein schmutziges Äußeres, sein verstörter Gesichtsausdruck hatten die Leute auf ihn aufmerksam gemacht. Was aber den kleinen Ladeninhabern der umliegenden Straßen vor allem keine Ruhe ließ, war die Tatsache, daß er in einem Bürgerhaus wohnte, über dessen Fassade sich im zweiten und fünften Stockwerk der ganzen Länge nach ein Balkon zog.

Dieses Haus, in dem Jean-Antoine About eine der zwei Wohnungen in der vierten Etage bewohnte, stand in einer Straße in unmittelbarer Nähe des Square Vintimille, und tatsächlich erblickte er einen Teil des Gitters und die ersten Baumgruppen des kleinen Parks, wenn er sich aus dem Fenster lehnte. Oft stand er mit aufgestützten Armen am hintersten

Fenster der Wohnung. Es gehörte zu einem Zimmer, dessen abgeschrägte Wand das Nachbarhaus berührte und daher unpraktisch war. Aus diesem Grund war der Raum auch als Badezimmer eingerichtet worden und diente nun als Abstellkammer.

Jean-Antoine About hatte sich hier einen kleinen Winkel eingerichtet, worüber seine Frau, als sie sein Leben noch geteilt hatte, zu spötteln pflegte: »Du brauchst wohl immer einen kleinen Winkel! ...« oder: »Kannst du denn nicht leben ohne Verschlag?«

Von diesem Platz aus überschaute er ein Drittel des Squares, was ihn erbitterte, wenn sich ein Unfall ereignete oder ein Streit losbrach, denn in diesen Situationen bot sich seinen Augen nur eine der Parteien oder nur der vordere Teil eines Automobils dar. War er angekleidet, ging er dann hinaus, mischte sich unter die Schaulustigen und spähte zu den Fenstern hoch, um mit Handzeichen zu bedeuten, »es lohne sich herunterzukommen«. Doch diese Zeichen brauchten nur von ihm zu kommen, damit keiner der Mieter, die an die Fenster geeilt waren, sich rührte.

Man ging ihm aus dem Weg. Es gab Leute, die sich nach ihm umdrehten, wenn er vorbeiging, andere wichen aus wie bei Betrunkenen, von denen man befürchtet, sie könnten einen Schritt zur Seite tun. Er schaute die Frauen auf so unverschämte Art und Weise an, daß die Mütter, wenn er näherkam, ihre Töchter einschlossen, daß manche Passantin, um ihm zu trotzen, die Augen nicht niederschlug, während andere sich bemühten, ihn zu ignorieren. Er blieb vor den Geschäften stehen, um die Verkäuferinnen zu begaffen. Man sagte, er gehöre in Polizeigewahrsam. Mehrere Ladenbesitzer hatten ihm mit einer Tracht Prügel gedroht. Er verkehrte mit zwielichtigen Gestalten ohne abknöpfbaren Kragen und mit auffälligen Stiefeletten, in deren Gesellschaft er in Cafés gesehen worden war. Schließlich führte die Polizei auf die Bitte zahlreicher Bewohner des Stadtviertels, die eine Art Petition eingereicht hatten, eine Untersuchung durch. Doch sie ergab nichts.

Antoine About lebte allein mit einer alten Dienstmagd namens Nathalie, die er duzte, die er beschimpfte, der er jedoch völlige Freiheit ließ. Eine fixe Idee trieb ihn dazu, ihr den Hof zu machen. Er konnte ihr nicht gegenübertreten, ohne zu versuchen, sie mit einem anzüglichen kleinen Lachen um die Taille zu fassen. Sie wies ihn sanft zurecht. Wie ein Kind behandelt zu werden, brachte ihn nicht in Harnisch. Geduldig versuchte er erneut, seine Dienstmagd zu küssen, ohne daß deren Weigerung ein Gefühl der Wut oder der Enttäuschung in ihm auslöste. Etwas wie Angst, wie Schwäche bewirkte, daß seine Annäherungsversuche harmlos blieben, und Nathalie nahm sie nicht ernst. So verging kein Tag, an dem er ihr, in der Vertiefung einer Tür verborgen, nicht auflauerte und sich auf sie stürzte.

Und sogar in der Nacht, wenn er nach Hause kam, versuchte er, in Nathalies Zimmer einzudringen, die es nicht versäumte, ihre Tür abzuschließen. Da klopfte er dann, flennte, rief: »Mach mir auf … Nathalie … ich liebe dich … mach mir auf …« Danach ging er zu Bett, ohne sich auszuziehen, ohne Licht zu machen, wie zu der Zeit, als er Kommis war und in einer Mansarde wohnte.

Eines Morgens, als er sich anschickte auszugehen und immer wieder zu Nathalie sagte: »Was machst du nur? Bist du noch nicht bereit!« – denn er ging gern mit ihr die Treppe hinunter aus Angst vor den Concierges und vor den Geschäftsinhabern der unmittelbaren Umgebung – und als er ihr mit den Worten drohte: »Ich werde dich davonjagen wie eine Hündin … wie eine Hündin …«, klingelte es. Er ging zur Tür und sagte: »Heute öffne ich selber.« Eine Frau in schwarzem Kittel hielt ihm ein Telegramm hin. Seine Gesichtszüge veränderten sich. Eine innere Erschütterung ließ seine blassen

Wangen leicht erröten. Er wurde ganz aufgeregt. Dennoch stieg im Durcheinander seines Geistes der Gedanke an die Oberfläche, man sollte ein Trinkgeld geben.

»Nathalie ... Nathalie ... bring einen Franc.«

Er nahm das Telegramm entgegen. Die alte Dienstmagd hatte die Tür wieder geschlossen und stand neben ihm.

»Ist es für Sie oder für mich?« fragte sie.

Er las die Anschrift und antwortete:

»Ich weiß nicht.«

»So lesen Sie doch.«

Wieder schlug er die Augen nieder.

»Ich glaube, es ist für mich.«

»Ist es nun für Sie oder für mich?«

Er riß es auf. Mit einem Blick überflog er die einzige Zeile, die darauf geschrieben stand. Er stotterte: »Es ist für mich.« Sein Gesicht bedeckte sich mit einer leichten Schweißschicht. Er wollte eine ungezwungene Haltung einnehmen, das Telegramm wieder zusammenfalten, doch seine Finger zitterten.

»Worum geht es?« fragte Nathalie.

Er antwortete nicht. Sie nahm ihm das Telegramm aus den Händen und las: *Bin krank. Verzeih. Komme heute abend nach Hause. Edmonde.*

Antoine About ging in sein Zimmer. Er war trunken vor Glück. Zuweilen bewirkte eine Art

Gedächtnisverlust, daß er das Telegramm seiner Tochter für Sekunden vergaß. Ihm schien dann, als herrsche finstere Nacht um ihn und als gebe es, irgendwo in dieser Nacht, eine Tür, die er nur aufzuziehen brauche, damit das Licht wieder hereinströme. Alsbald begann eine wahnwitzige Sucherei. Er griff sich mit der Hand an die Stirn. Er stellte sich vor, er ginge mit ausgestreckten Armen vorwärts, wobei er bald stolperte, bald steckenblieb, und er müßte nur auf einen Türknauf stoßen, um diesen Alptraum zu verlassen. Nach einer Weile fand er diesen Knauf. Er zog und zog ... und erinnerte sich an alles.

»Ich bin krank«, sagte das Telegramm. In seinem Hirn, in dem es seit mehreren Jahren so ruhig gewesen war, stießen die Vorstellung von Krankheit, die Unentschlossenheit in bezug auf die Haltung, die er einnehmen sollte, und eine mit Härte vermischte Freude aufeinander. Er stellte sich vor, sein Kind sei von einer Geschlechtskrankheit befallen, eben jener, vor der er am meisten Angst gehabt hatte für sie, eine Angst, die einer der Gründe für seine Unversöhnlichkeit gewesen war. »Bestimmt ist es das ...«, dachte er. Der Gedanke, daß, wenn dem so war, seine Tochter die Sache immerhin nicht zur Sprache gebracht hatte, beruhigte ihn. Dann befiel ihn erneut Unruhe bei der Erinnerung an Edmondes Neigung, sich zu demütigen. »Sie will noch mehr leiden. Sie ist krank. Sie will es mich wissen lassen und mich, als Gipfel der Demütigung, anflehen, sie ein zweites Mal zu verstoßen.«

Wieder wurde es Nacht im Hirn von Antoine About. Es folgten das gleiche Umhertasten, die gleichen verzweifelten Anstrengungen, ans Licht zu gelangen. Er hatte Angst hinzuscheiden wie die Sterbenden am Tag vor den Festtagen. In der Ferne seiner Seele gewahrte er das Glück ähnlich einem leuchtenden Band. Und er plagte sich ab, schlug sich selbst, um wieder zu sich zu kommen.

Schließlich ging er ins Zimmer seiner Tochter, in dem die Fensterläden seit deren Weggang nicht geschlossen worden waren. Auf in einer Ecke gestapelten Reisekoffern lagen Frauenschuhe, deren Inneres grau war von einer flockigen Staubschicht. Ein Tuch bedeckte das Bett. Zwei Rahmen ohne Photographien hingen an der Wand. Zum ersten Mal öffnete Antoine About das Fenster. Er rief die Dienstmagd:

»Nathalie ... komm ... komm schnell ...«

Das Fieber hatte ihn ganz plötzlich befallen. Er wußte nicht mehr, was er tat. Er begann, kreuz und quer durch die Wohnung zu gehen, ohne innehalten zu können. Jetzt wünschte er sehnlichst, daß alles vor Sauberkeit blitzen und diese Unordnung verschwinden möge, die seinen eigenen Verfall verriet.

Er ging in sein Zimmer zurück. Die Sonne

machte es im Sommer unbewohnbar. Er schloß die Fensterläden. In einem Dämmerlicht, wie es im Sommer durch Blätterwerk entsteht, las er nochmals das Telegramm. »Es ist also wahr ... sie kommt zurück ... Sie wird bei mir leben ... die arme Kleine ... Oh, wie glücklich sie sein wird!« Er sprach laut vor sich hin. Von Zeit zu Zeit machte er eine Gebärde bar jeder Bedeutung. Er sah, wie sie sich eifrig um ihn bemühte. Plötzlich zog er sich auf dem Sessel, in den er sich gesetzt hatte, in sich selbst zurück. Innerhalb einer Sekunde veränderte sich sein Gesichtsausdruck. Die Fröhlichkeit wich der Besorgnis. Er ließ das Telegramm los, betrachtete es mißtrauisch, wie es da auf dem Boden lag, dann hob er es auf.

»Nathalie ... Nathalie! «

Als die Dienstmagd neben ihm stand, zeigte er ihr das Stück Papier.

»Siehst du es, siehst du es. Es ist blau. Es ist von meiner Tochter. Sie kommt.«

Wie er es einen Moment zuvor getan, ließ er das Telegramm los, das unter einen Stuhl glitt. Antoine About schaute Nathalie mit einem schalkhaften Ausdruck an:

»Jetzt kommt sie nicht. Begreifst du, Nathalie? Heb das Telegramm auf und gib es mir.«

Die Dienstmagd gehorchte. Antoine About frohlockte:

»Jetzt kommt sie. Begreifst du?«

Dieses Spielchen dauerte einige Minuten. Antoine About versuchte hartnäckig, der alten Magd begreiflich zu machen, daß seine Tochter kam, solange er das Telegramm in der Hand hielt, und daß sie nicht mehr kam, wenn er es losließ.

Jean-Antoine About war vierundsechzig Jahre alt. Er war klein, schmächtig und von einem solchen Leben beseelt, daß man in seiner Jugend gedacht hatte, »ein inneres Feuer verzehre ihn, und er werde jung sterben«. Sein Vater, Landwirt in der Aube, war, kaum vom Militärdienst befreit, nach Paris gekommen, angezogen von den Festen und dem Leben in den Cafés. Dank seiner Konstitution und seiner guten Schulabgangs- und Führungszeugnisse trat er mit vierundzwanzig Jahren als Lagerarbeiter in die Compagnie de l'Est ein und wurde dem Güterbahnhof von Pantin zugeteilt. Arbeitsam und ehrlich, stieg er schon bald zum Beschwerdedienst auf. Er war damit betraut, im Lager der fehlgeleiteten Pakete jene wiederzufinden, nach denen man verlangte. Dort machte er die Bekanntschaft eines Dienstmädchens, das seine Herrschaft auf die Suche nach einem seit sechs Wochen verlorenen Paket geschickt hatte. Kurz darauf heirateten sie, und Jean-Antoine wurde geboren.

Wenn Antoine About heute einen Blick zurückwarf, stellte er fest, daß sein Leben in zwei gleich wichtige Abschnitte unterteilt werden konnte: in jene, da er gehorcht und in jene, da er befohlen hatte. Er behielt den ersten Abschnitt in unangenehmer Erinnerung, wenn es auch glückliche lichte Stellen darin gab wie die Erinnerung an freie Stunden, an Tage ohne Verantwortung, an Ambitionen, die noch durch nichts gedämpft worden waren. In einem bescheidenen Milieu aufgewachsen, hatte er sich aus eigener Kraft hochgearbeitet, wie man so schön sagt. Je deutlicher sich sein Erfolg abgezeichnet hatte, desto geringer war die Ehrfurcht geworden, die er seinen Eltern entgegenbrachte, denn sie erschienen ihm als armselige Leute, daß sie so lange dahinvegetiert hatten. Angesichts der Einfachheit, die den Dingen eigen wird, wenn man sich an sie gewöhnt hat, war er bestürzt, daß es seinen Eltern nicht gelungen war, sich aus ihrer Armut zu befreien. Wenn er seine eigene Karriere genauer betrachtete, war er bemüht, sich selber zu beweisen, daß sie nicht auf äußeren Umständen beruhte, auf der überraschenden Beliebtheit eines Stadtviertels oder eines Produkts etwa, sondern auf seinem Unternehmungsgeist und seiner Entschlossenheit. Daß die Gewerbesteuern, die

Steuererklärungen, die selbst ausgestellten und gezogenen Wechsel oder die Fälligkeitstermine seinen Eltern als ein Hindernis erschienen waren, erstaunte ihn, für den heute keine Formalität mehr ein Geheimnis barg. Er wußte nicht um die Opfer, die die Seinen für seine Ausbildung gebracht hatten. Er war sich nicht bewußt, daß er dank ihrer seit seinen ersten Lebenstagen auf der Ebene der Kaufleute gestanden hatte und sein Aufstieg um eine Stufe kürzer war als der seiner Eltern, die die wesentliche Anstrengung an dem Tag unternommen hatten, als sie es wagten, ihr Dorf zu verlassen, um nach Paris zu kommen.

Bis er dreißig war, träumte er von einem Kapitalgeber. Er war von einem solchen Feuereifer beseelt, daß er ohne Unterlaß wiederholte: »Derjenige, der Vertrauen in mich hätte und mir eine große Geldsumme vorstreckte, würde kein schlechtes Geschäft machen. Er würde bald schon von seinen Kapitalrenten leben.« In dieser Absicht ging er in mehrere Agenturen oder Büros, deren Adressen er aus den Zeitungen herausschrieb. Doch jedesmal schlug man ihm das Gegenteil vor, nämlich selber Geld vorzustrecken, wofür man ihm im Gegenzug einen großzügig entlohnten Direktorenposten oder gar Renditen anbot. Einen Monat lang kam er täglich mit einer Welt in Berührung, deren dunkles Treiben und närrische Ambitionen, die ja seinen eigenen glichen, ihn deprimierten. Er gab seine Suche auf. »Es gibt hellere Köpfe als mich, denen kein Erfolg beschieden ist«, dachte er. Er stellte fest, daß so, wie die Dinge standen, ihm nur der Zufall weiterhelfen könnte. Da kam ihm eine Idee, die ihm neuen Auftrieb verlieh. Um sich abzuheben von der Masse der Streber, der gewissenlosen Leute, von denen es in den Vorzimmern jener Büros nur so wimmelte, beschloß er, technische Kenntnisse auf einem Spezialgebiet zu erwerben. Statt sich in allen Bereichen zu verzetteln, würde er auf ein einziges Ziel zustreben, und um es zu erreichen, würde er all seine Kräfte einsetzen. Die Wörter »Praktikum, Fähigkeit, Spezialisierung« kamen in dieser Zeit dauernd über seine Lippen. Er war von einem einzigen Wunsch beseelt: einen Beruf, den er nur noch zu wählen brauchte, in all seinen Bereichen von Grund auf zu erlernen.

Einen Monat später trat er als Angestellter in das angesehene Tuchgeschäft Daniel in der Rue du Sentier ein, entschlossen, alle Stufen des Betriebs zu durchlaufen, und sollte es Jahre dauern, um das ganze Räderwerk der Organisation und alle Geheimnisse der Fabrikation kennenzulernen.

Unglücklicherweise, gerade so, als hätten sie das geheime Ziel erraten, das Antoine About verfolgte, behinderten die Arbeitgeber seine Ambitionen, indem sie seinen Anfragen Antworten entgegenhielten wie: »Monsieur About, Sie haben sich in unserer Warenmusterabteilung zu gut spezialisiert, als daß wir Sie entbehren möchten.« Da holte er dann am Ausgang der Läden seine Erkundigungen ein, sei es bei den Arbeiterinnen in den Ateliers, sei es bei den Angestellten in der Verwaltung, und er ging dabei sehr vorsichtig vor, um keine Aufmerksamkeit zu erregen. Am Abend las er in seinem Zimmer alle Bücher und Zeitungen über die Textilindustrie sowie Schriften über die Spekulation, die Devisen, die Börse, die, wie er spürte, zu seinem Berufsstand in einem direkten Zusammenhang standen. Im Restaurant, in den Straßenbahnen, überall dort, wo er Bekanntschaften knüpfen konnte, taxierte er die Leute und stellte dann seinen Gesprächspartnern nach kurzer Unterhaltung Fragen, denen er keinerlei Bedeutung beizumessen schien. »Wenn Sie wählen müßten«, fragte er, »würden Sie einen Anzug aus Kammgarnserge oder aus Tuch vorziehen?« Oder: »Was ist Ihrer Meinung nach teurer, ein Meter Samt oder ein Meter Seide?«

Die vollständige, absolute Spezialisierung war seines Erachtens das einzige Mittel, um aus der Mittelmäßigkeit auszubrechen. Er glaubte an sie wie an eine Religion. Sie allein ermöglichte ihm eine Existenz und ließ ihn auf ein besseres Leben hoffen. Mit zunehmendem Alter wurde dieses Bedürfnis nach Spezialisierung zu einer Krankheit, die um so schlimmer war, als ihm schien, seine Unwissenheit werde größer, je mehr er seine Kenntnisse erweitere. Er wollte sich über die Verwendung der Stoffe im Ausland informieren, über den Geschmack jedes Landes, und zu seiner Verblüffung erfuhr er, daß Seide in China genau so häufig verwendet wurde wie Baumwolle in Frankreich.

In der Firma Daniel unterhielt er freundschaftliche Beziehungen zu den Lieferanten und zu den Kunden, was dazu führte, daß er eines Tages unredlicher Machenschaften verdächtigt wurde. Man beobachtete ihn mehrere Monate lang, ohne daß er etwas ahnte. Es wurde gemunkelt, ein als Mitarbeiter eingestellter Polizeiinspektor überwache ihn. Eine Art Tabu lastete auf ihm. Seine Arbeitskollegen gewannen den Eindruck, er habe etwas verraten oder gestohlen, man werde eine Klage gegen ihn einreichen. Niemand gab ihm mehr die Hand. Ein gewisser Marcel, in dessen Gesellschaft er sonntags am Stadtrand spazierengegangen war, nahm ihn eines Tages beiseite und bat ihn, ihm den Brief zurückzugeben, den er ihm während eines Urlaubs geschrieben hatte, und in dem er sagte, die Firma Daniel sei »ein mieser Laden«.

Ein wichtiger Kunde hatte gerade seine Bestellungen rückgängig gemacht, als der Firmenchef schließlich die Gewißheit erlangte, sein Angestellter werde von einem Konkurrenzunternehmen dafür bezahlt, die Kunden abzuwerben, indem er ihnen günstigere Preise anbot. Tags darauf wurde Antoine About vor die Tür gesetzt. Die Neuigkeit wurde von den Mitarbeitern mit einem Seufzer der Erleichterung aufgenommen, da sie befürchteten, durch Handlungen oder Worte, an die sie sich nicht mehr erinnern konnten, kompromittiert zu werden.

Eine Woche später erhielt Antoine About, der schriftlich ein Zeugnis verlangt hatte, einen frostigen Brief, in dem ihm Monsieur Daniel mitteilte, er könne »zu seinem großen Bedauern seiner Bitte nicht nachkommen, nicht etwa, daß es seine Arbeit nicht wert gewesen wäre, sondern aufgrund gewisser Vorkommnisse, auf die man besser nicht näher eingehe«.

Diese plötzliche Entlassung war Antoine Abouts Erfolg zum großen Teil förderlich. Als er es leid wurde zu wiederholen: »Das ist eine Ungerechtigkeit!« und seine verletzte Eigenliebe sich erholt hatte, wurde er sich bewußt, daß ihn etwas von den anderen Angestellten unterschied, und zwar nicht nur ein umfangreiches Wissen über die Textilindustrie, sondern vor allem eine große Unabhängigkeit, eine Initiative, eine Kühnheit, die man bei einem Untergebenen nicht hatte ertragen können. »Man hat gespürt, daß ich dort nicht an meinem Platz war ...«, sagte er sich oft. »Man war neidisch.«

Im ersten Monat machte er, trunken vor Begeisterung und Freiheit, nichts anderes, als alle Leute zu besuchen, die er kannte. Dank einiger Ersparnisse konnte er leben. Er erzählte überall die genauen Gründe für seine Entlassung. Wenn er erriet, daß seine Worte bei seinem Gegenüber auf Zweifel stießen, konnte er nur hinzufügen: »Glauben Sie mir, wenn Sie wollen!« Sein Bedürfnis, man möge ihm glauben, sein Verlangen zu beweisen, was er behauptete, war so dringend, daß er sich (angesichts des Unvermögens, auch nur jemanden zu überzeugen, ein Unvermögen, das ihm bis dahin nie aufgefallen war, das sich aber jetzt, da er eine größere Welt betrat, als ein Makel erwies) erstmals seiner Schwäche und seiner Unwissenheit bewußt wurde.

Bisweilen malte er sich einen Besuch bei irgendeiner allmächtigen Persönlichkeit aus. In der Stille seines Zimmers bemühte er sich dann, mit einem unsichtbaren Gesprächspartner in Zusammenhängen und logisch zu reden. Doch er merkte schon bald, daß er faselte. Ständig verlor er den Faden seiner Gedanken. Er bekam nicht genügend Luft. Um seinem Wissensmangel zu begegnen, machte er es sich zur Pflicht, alle Handbücher zu lesen, alle Grammatiken, alle Schriften, die ihm in die Hände fielen. Eine tiefe Bewunderung wuchs in ihm für diese unbekannten Leute, die da schrieben, für die Journalisten, für die Redner. Der Gedanke, an sie heranzureichen, lag ihm fern. Sein sehnlichster Wunsch war es lediglich, eine Unterhaltung mit ihnen bestreiten zu können, ihnen nicht zu mißfallen. Eines Tages schließlich faßte er den Entschluß, den Direktor einer wichtigen Tuchfirma aufzusuchen, von dem es hieß, er habe einen schwierigen Einstieg gehabt. Mehr als alles auf der Welt bewunderte er die Männer, die mit nichts angefangen und es zu einer hohen Stellung gebracht hatten. Es war ihm gleichgültig, ob sie gestohlen hatten oder getötet, bevor sie dorthin gelangt waren. Die Kraft war es, vor der seine schwächliche Person Achtung hatte. Doch er wurde nicht empfangen.

Mochte er bei der Unterhaltung bisweilen auch eine oberflächliche Verachtung für manche von ihnen empfinden, am Schluß sagte er immer: »Das ist ein Typ.« Jeder Mann, der von einer Administration, von Personal, von Kapital, von Ehren umgeben war, war für ihn ein »Typ«. Mehr noch als nach einer Position, das war ihm während seiner momentanen Untätigkeit plötzlich bewußt geworden, strebte er danach, ein solcher »Typ« zu werden.

So erschien ihm denn auch einige Monate, nachdem er die Firma Daniel verlassen hatte, alles, was er jahrelang gelernt hatte, nutzlos. »Das sind kleine Mittel. Man muß mit großer Kelle anrichten!« wiederholte er. Und oft, wenn er wieder allein war, packte ihn eine Art Raserei bei dem Gedanken, daß ihm so wenig fehlte, um groß zu sein, und daß dieses Wenige doch so schwer zu erlangen war. Wie eine Frau, die einzig ein zu großer Mund verunstaltet, ärgerte er sich maßlos, daß er seinen Geist nicht ändern konnte, zumal er spürte, daß dieser biegsam war. »Ich müßte nur gewandt sprechen, auf alles eine Antwort haben.« Doch so sehr er sich bemühte, er blieb der gleiche. Da erfaßte ihn tiefe Verzweiflung. Er war sich der Mittelmäßigkeit bewußt, zu der er verurteilt war. Er schloß sich in sein Zimmer ein und weinte, stundenlang. Die Zukunft schien ihm wolkenverhangen. Kein Silberstreifen zeigte sich am Horizont. Um ihn herum herrschte überall die gleiche Feindseligkeit, die zu überwinden er nicht die Kraft spürte.

Völlig entmutigt, beschloß er wegzugehen in ein kleines Dorf in der Aube, wohin sich seine Eltern inzwischen zurückgezogen hatten. Er war damals fünfunddreißig Jahre alt.

Als er in Onjon, nahe Troyes, eintraf, wurde ihm in seinem Dünkel plötzlich die Stärke seiner Ambitionen bewußt, die eigene Größe neben den ruhigen Bauern, die zu ihm aufschauten, weil er aus einer Stadt kam. Dieses Überlegenheitsgefühl gab ihm neuen Auftrieb. All diese Leute, die da in Frieden lebten, eröffneten ihm plötzlich weite Horizonte. Unter den unzähligen Erdenbürgern gehörte er zu jenen, die ihrem Ziel am nächsten kamen. Alles, was er gesehen und gehört hatte, stellte ihn weit über dieses bescheidene und seßhafte Volk.

Bald schon knüpfte er Beziehungen. Allen erzählte er vom hektischen Leben in den Städten. Meist hörte man ihm andächtig zu. Wenn zufällig einmal jemand einen Einwand vorbrachte, tat sich Antoine About sofort mit seinen Antworten hervor.

Während der Sommerferien lernte er Marthe kennen, die Tochter des Schulmeisters. Sie war achtzehn Jahre alt. Bis jetzt hatte sie den größten Teil des Jahres als interne Schülerin am Volksschullehrerseminar von Châlons zugebracht. Sie hatte soeben ihr Abschlußzeugnis erhalten. So war sie denn in diesem Monat August bei dem Gedanken, daß sie nicht mehr in jenen nüchternen Bau am Marneufer zurückkehren würde, besonders vergnügt.

Sobald sie nicht mehr in einer Gruppe von Mädchen war, in der ihr Schalk auffiel und sie sichtlich zu jedem Schabernack bereit war, wurde Marthe scheu und befangen. Wegen jeder Kleinigkeit bekam sie einen Lachanfall, und kaum hatte man sie angesprochen, errötete sie bis über beide Ohren. Sie versteckte sich dann in einem anderen Zimmer oder im Garten, und wenn sie wieder erschien, tat sie seltsamerweise so, als sei nichts geschehen. Daran, an ihrer Art, die Augen niederzuschlagen, an jener halsstarrigen Entschlossenheit, nicht zu antworten, wenn ihr jemand einen Verweis erteilte, spürte man, daß sie in gar manchen Dingen beschlagen war, daß der Mann, den sie heiraten würde, in ihren Augen lächerlich und voller Fehler sein würde, über die sie nach außen hin würde hinwegsehen können. Körperliche Mißbildungen fielen ihr sofort auf. Eine Art Grausamkeit trieb sie dazu, darüber zu lachen. Sie machte sich über alle lustig. Immer war sie die erste, die den Leuten Spitznamen gab. Obschon sie in Jean-Antoine Abouts Gegenwart noch immer befangen war, weil sie ihn kaum kannte, bedauerte sie, daß keine ihrer Schulkameradinnen da war, um ihr den Spitznamen anzuvertrauen, der ihr am ehesten zu dem jungen Mann zu passen schien: »Spinnenbein«.

Dieser Charakter mißfiel Antoine About nicht. Marthe war hübsch. Außerdem wäre es ihm angenehm gewesen, ein junges Mädchen zu formen, das vermutlich gebildeter war als er. Eines Tages, am späten Nachmittag, begegnete er ihr auf einer Abkürzung, als sie von einem Feld zurückkam. Er bat um ihre Erlaubnis, sie zu begleiten. Er hatte sie bis jetzt nur neben ihrem Vater gesehen, schüchtern und zurückhaltend. Sie antwortete geziert:

»Und warum denn, Monsieur?«

»Ich wäre glücklich, ein bißchen mit Ihnen zu plaudern.«

»Wenn Sie wollen, aber ich warne Sie, ich bin nur ein Kind.«

Sie schlugen einen schmalen Weg ein, auf dem sie hintereinander gehen mußten. About wollte vorangehen, um die Äste für sie zurückzubiegen. Von Zeit zu Zeit blieb Marthe stehen, um eine Blume zu pflücken. Sie atmete einige Schritte lang ihren Duft ein, dann warf sie sie weg.

»Sie sind grausam. Für eine Befriedigung von einigen Sekunden nehmen Sie unschuldigen Blumen das Leben.«

Sie blieb stehen. War diese poetische Sprache für eine erwachsene Person an sich schon ein wenig lächerlich, erschien sie ihr noch zehnmal lächerlicher.

»Leben denn die Blumen?«

»Als wüßten Sie das nicht!«

»Nein, ich wußte es nicht.«

Sie heuchelte beim Sprechen meisterhaft Erstaunen. Antoine About war entzückt über diese Kindereien, vor allem beim Gedanken, daß er aus diesem leichtsinnigen Geschöpf später eine Frau machen würde. Er stellte sich vor, wie er neben ihr stand, in Paris, wie er ihr Ratschläge erteilte, ihr die Schwierigkeiten des Lebens erklärte, während sie ihn ab und zu mit einer naiven Frage unterbrach.

»Sie sind ein nettes kleines Mädchen«, sagte er und nahm ihre Hand.

Da brach sie in lautes Lachen aus. Er sah sie verblüfft an.

»Warum lachen Sie so?«

Bis jetzt war ihr eine Antwort immer erspart geblieben. In der Schule oder vor ihrem Vater hatte sie lachen können, ohne daß man darauf bestanden hatte, die Gründe für ihre Heiterkeit zu erfahren. Doch diesmal spürte sie, daß sie antworten mußte, daß sie jemanden verletzt hatte. Sie wußte nicht, was sie sagen sollte. Plötzlich lief sie wie eine Verrückte los. Antoine About nahm die Verfolgung auf, und als er sie eingeholt hatte, packte er sie grob bei den Handgelenken. Sie war ganz rot. Sie lachte nicht mehr. Die Wut ließ ihre Nasenflügel zittern.

»Lassen Sie mich los.«

»Ich werde Sie erst loslassen, wenn Sie mir gesagt haben, warum Sie gelacht haben.«

Mit einer Heftigkeit, in der die Verachtung für Antoine Abouts schwache Konstitution erkennbar war, machte sie sich los. Sie fürchtete keinerlei Repressalien, wenn sie sich verteidigte. Obschon sie eine Frau war, fühlte sie sich stärker.

»Sie sollen mich in Ruhe lassen!«

Mit raschen Schritten ging sie davon. Sie hätte gleichzeitig lachen und weinen mögen. Antoine About folgte ihr. Sie drehte sich um, und als sie ihn hinter sich sah, begann sie wieder zu laufen. Diesmal verfolgte er sie nicht: »Sie ist ein Kind«, dachte er. »Sie sollte heiraten.«

Zwei Wochen später sprach Jean-Antoine About bei Monsieur Leroy, Marthes Vater, vor und bat ihn um die Hand seiner Tochter. Als man das Kind fragte, antwortete es. »Wenn du möchtest, Papa.« Am Ende des Sommers wurde in der Gemeindeverwaltung des Dorfes, in diesem Fall im Klassenzimmer, wo Monsieur Leroy unterrichtete, die Trauung vollzogen. Etwa zwanzig Personen wohnten der Zeremonie bei, die eher in Würde als in Fröhlichkeit vonstatten ging. Das Dorf wußte, daß das neuvermählte Paar gleich darauf nach Paris aufbrechen wollte.

Während der Ferien hatte Antoine About mit zahlreichen Bauern der Umgebung Bekanntschaft geschlossen. Überall hatte er von den Geschäften erzählt, die er aufziehen wollte, wenn er das nötige Geld fände. Er flößte Vertrauen ein mit seiner einfachen Art, sich zu kleiden, mit seinem technischen Wissen, einem aufrichtigen Ton, den vorzutäuschen er bei seinem nichtssagenden Gesicht und seiner schwächlichen Konstitution unfähig zu sein schien.

An einem dunstigen 15. Oktober verließ er Onjon mit seiner jungen Frau, deren Mitgift von zwanzigtausend Francs am Tag zuvor auf eine Pariser Bank überwiesen worden war. Außerdem hatten ihm zahlreiche Landwirte ihre Unterstützung zugesagt für den Tag, da er für ein seriöses Unternehmen ihre Hilfe benötigen würde.

Zwei Monate lang flanierte er durch die Stadt auf der Suche nach einem Geschäft, das unter seinem Wert gehandelt wurde. Schließlich fand er in einer Straße neben der Place Blanche eine Art langen Korridor, der von einem Kriegsflieger als Restaurant eingerichtet worden war und die Aufschrift trug: *A l'as des as.*

Es war feucht. Der Treppenaufgang des Hauses bildete eine Ausbuchtung in der Mitte dieses Korridors und unterteilte ihn in zwei enge Räume. Genau in der Mitte des ersten Raums führte eine Falltür aus Holz zum Keller. Nur wenige Passanten kamen hierher, um sich zu stärken. Hinter dem Ofen, der im Winter heizte, war die Täfelung rissig. Die Plätze in seiner Nähe waren unerträglich heiß, während der Rest des Korridors eisig kalt war. Unter der Eingangstür klaffte ein zwei Finger breiter Spalt, durch den die Luft hereindrang, angezogen von der zweiten Tür am Ende des Korridors, die auf einen dunklen kleinen Hof hinausging, in dem eine Art Verschlag als Küche diente.

Für einen geringen Betrag erwarb Antoine About das Geschäft und gleichzeitig eine kleine Zweizimmerwohnung im fünften Stock desselben Hauses. Er hatte festgestellt, daß es in diesem Stadtviertel, wo man auf Schritt und Tritt auf Hotels stieß, die von liederlichen Frauenzimmern bewohnt waren, keinen Damenfriseur gab, es sei denn, man ging entweder bis zur Place Blanche oder aber bis zu den belebteren Straßen, wo der Preis für Schneiden und Ondulieren oft sehr hoch war.

Er ließ die Wände des Korridors mit Spiegeln verkleiden, die Türen ausbessern, einen Parkettfußboden verlegen, elektrische Beleuchtung, Stromleitungen sowie im Keller einen Heizkessel für die Zentralheizung installieren, das Schaufenster neu streichen, die Tür im hinteren Teil durch einen Vorhang verhüllen, der andere Räume zu verbergen schien.

Einige Monate später war der Frisiersalon für die Kundschaft eröffnet, vollständig neu hergerichtet, nicht wiederzuerkennen, so luxuriös, daß man beim Eintreten den Eindruck hatte, seine Enge sei bewußt gestaltet, damit sich die sechs Kabinen aneinanderreihten wie die Zimmer in einem Hotel.

Sieben Jahre später verkaufte Antoine About seinen Frisiersalon, übernahm einen anderen in der Rue Vignon, zwischen der Madeleine und der Opéra, und mietete eine Fünfzimmerwohnung in der unmittelbaren Umgebung des Square Vintimille.

Er hatte eben die Einrichtung beendet, als seine Tochter geboren wurde. Nach dem Willen von Monsieur Leroy, der eine große Bewunderung für den Schriftsteller Edmond About empfand, erhielt sie den Vornamen Edmonde.

Von diesem Moment an lebte Antoine About nur noch für seine Familie. Er war inzwischen über vierzig Jahre alt. Alles, was er von der Zukunft erwarten konnte, schien ihm fortan uninteressant. Je mehr sich seine Position gefestigt hatte, desto verschlossener war er geworden. Das Feuer des Anfangs war nach und nach erloschen.

»Ich werde immer nur ein Friseur sein!« sagte er sich in Momenten der Mutlosigkeit. Wenn er bestimmte Leute betrachtete, mit denen ihn sein Geschäft zusammengebracht hatte, spürte er, wie groß der Abstand war, der sie voneinander trennte. Sie hatten ihren Platz im Leben, während er ohne seinen Frisiersalon wieder in der unbedeutenden Masse untergegangen wäre.

Ganz allmählich hatte er sich seiner Familie zugewandt. Er hatte keine Kraft mehr und auch keine Lust, andere Stufen zu erklimmen, andere Geschäfte zu kaufen, das höchste Niveau seines Berufsstandes zu erreichen. Er gab sich mit seiner Situation zufrieden und verfolgte nur noch ein Ziel: seiner Frau Freude zu bereiten. Jeden Abend, wenn er nach Hause kam, brachte er ihr Blumen mit. Gereizt hatte sie einmal eine Bemerkung gemacht, die ihn zutiefst verletzt hatte: »Man sieht, daß du Friseur bist. All deine Geschenke müssen gut riechen.« Dennoch brachte er in der darauffolgenden Woche weiterhin kleine Sträuße nach Hause, als ob nichts geschehen wäre. Er gab sie ihr nicht mehr. Er ließ sie auf einem Tisch liegen. Ähnlich wie Kinder, die noch einige Minuten weiter pfeifen, nachdem man ihnen zu pfeifen verboten hat, wollte er nicht plötzlich aufhören, Blumen mitzubringen. Erst etwa zehn Tage später übergab er seiner Frau eine Schachtel Schokolade. Er wußte nicht, was er tun sollte, um sie glücklich zu machen. Da sie eines Tages ihren Überdruß kundgetan hatte, ihre Zeit an der Kasse des Frisiersalons zuzubringen, und das mit den Worten: »Das ist doch wohl nicht der Platz für eine Frau mit meiner Bildung«, stellte er auf der Stelle eine Kassiererin an, die man einige Tage später entlassen mußte, weil Marthe plötzlich wieder im Geschäft bleiben wollte unter dem Vorwand, »sie sei ja dazu genötigt, da man sie andernfalls bestehlen würde wie im dunklen Wald«.

Sie war damals an die dreißig. Der Kontakt zu eleganten Kundinnen hatte ihr den Kopf verdreht. Sie träumte nur noch davon, ihnen zu gleichen. Neidisch beobachtete sie sie von ihrer Kasse herab. Scham erfüllte sie, wenn ihr Mann sie vor ihnen duzte oder anlächelte. Sie gab ihm keine Antwort, und ein harter Ausdruck trat auf ihr Gesicht. Einen ruhigen Moment nutzend, flüsterte sie ihm einmal zu: »Es macht einen schlechten Eindruck, wenn du mich vor den Kundinnen duzt. Das sieht nach einem kleinen Laden aus.« Seit dieser Bemerkung nahm er sich in acht, ging an der Kasse vorbei, ohne den Kopf zu drehen, wagte seine Frau nicht mehr anzusprechen, so unmöglich kam es ihm vor, zu ihr »Sie« zu sagen. Wie für die meisten kleinen Leute, war die Intimität in seinen Augen ein Luxus. Wie sie, wachte er eifersüchtig darüber und hätte zu diesem Thema keine Bemerkungen geduldet. Doch am Abend holte er das Versäumte nach. Er führte sie ins Varieté oder ins Kino aus, bisweilen in ein nobles Restaurant, wo er sich, völlig verändert, eingeschüchtert durch den Luxus, der ihn umgab, dabei ertappte, wie er mit seiner Frau sprach, als gehe er zum ersten Mal mit ihr aus. Draußen unterließ es Marthe nie, böse Bemerkungen über seine Manieren zu machen: »Du hättest nicht vor mir Platz nehmen dürfen«, oder »du machst zu viele Gesten, um den Kellner herbeizurufen.« Sie war wütend, daß ein eleganter Mann sie genau in dem Augenblick angesehen hatte, als ihr Gatte ihre Hand gestreichelt hatte. Sie grollte ihm wegen allem und jedem, während er nicht wußte, was er tun konnte, um ihr zu gefallen. Er wünschte sich, daß sie sich einigen Kundinnen aus der guten Gesellschaft anschloß. Leuten, die er kaum kannte, von denen er aber vermutete, daß sie achtbaren Familien angehörten, erzählte er sofort von seiner Frau, wobei er zu verstehen gab, sie sei ziemlich einsam, sie langweile sich, und er tat dies in der Hoffnung, daß man zu ihm sagte: »Sie könnte doch die Nachmittage bei uns zu Hause verbringen.« Aber nie wurde diese Einladung ausgesprochen.

Während er für Marthe ein angenehmes, behagliches Leben wünschte, zuverlässige Beziehungen, fühlte sie sich im Gegenteil zu der Welt hingezogen, wo man sich amüsiert. Sie war mit mehreren ausgehaltenen Frauen befreundet, was sie vor ihrem Mann verbarg. Ohne sein Wissen lieh sie ihnen Geld. Sie begleitete sie in Bars, ließ sich zu ihrer Garderobe beraten. So langsam, daß ihr Mann es gar nicht bemerkt hatte, war aus dem scheuen Mädchen vom Land eine kokette, gewitzte Geschäftsfrau geworden. Sie schminkte sich, kleidete sich immer exzentrischer. In den Bars und Dancings, in die ihre Freundinnen sie führten, wies noch manches auf jene Frische hin, derer sie sich schämte. Da waren die Aufmerksamkeiten und die laut erteilten Ratschläge ihrer Gefährtinnen, da war ihr linkisches Benehmen, auf das unweigerlich immer eine Exaltiertheit folgte, in der ab und zu wie Lichtschimmer ihre Unschuld und ihre körperliche Reinheit zum Vorschein kamen. So toll sie sich aufführte, sie wurde trotz allem als Eindringling betrachtet. Sie spürte es. Sie versuchte denn auch, diesen Eindruck zu verwischen mit Lachen und mit einer ausgelassenen Begeisterung, deren Übertriebenheit, an Kleinigkeiten erkennbar, sie verriet. Sie war blond, groß und kräftig gebaut. Sie trug eine gewisse Lässigkeit zur Schau, seit ein Mann ihr gesagt hatte, er habe sie für eine Amerikanerin gehalten.

Mit der Zeit vernachlässigte sie ihr Kind immer mehr. Nathalie, die vor kurzem in die Dienste des Ehepaars About getreten war, kümmerte sich um die Kleine, bis Antoine von der Arbeit nach Hause kam. Er hatte bemerkt, daß seine Frau sich nicht mehr um ihr Zuhause bemühte, doch er machte ihr keinen Vorwurf daraus. Er war glücklich, daß sie ausging, daß sie immer in Eile schien, denn dies waren in seinen Augen die Zeichen, an denen man eine Frau der guten Gesellschaft erkannte. Er ermutigte sie sogar mit Fragen: »Warst du bei der Schneiderin heute nachmittag? Warst du zum Tee?« Je eleganter sie wurde, desto weniger traute er sich, in ihrer Gesellschaft auszugehen. Zu spüren, daß er es war, der ihr dieses vergnügte Leben und diese Unbekümmertheit ermöglichte, verschaffte seinem Herzen ein bitteres Glück. Eine Art Bedürfnis nach Demütigung bewirkte, daß er sich immer bescheidener kleidete, sich die geringste Zerstreuung versagte, sich abarbeitete, damit der Kontrast zwischen dem Leben seiner Frau und dem seinen größer sei. Er war glücklich, wenn Marthe spät nach Hause kam, um die Vorwürfe zum Schweigen zu bringen, die auf seine Lippen kamen, und vor allem, weil es der Beweis war, wie sehr sie sich amüsiert hatte, hatte sie sich doch deswegen verspätet. Er wollte sie durch seine Güte an sich binden, durch seine Großzügigkeit, seine Nachsicht.

Doch eines Abends kam sie nicht zum Essen nach Hause. Edmonde war damals sieben Jahre alt. Die Dienstmagd hatte sie zu Bett gebracht. Er aß nicht, lief ziellos von einem Zimmer der Wohnung zum anderen, lehnte sich alle paar Minuten aus dem Fenster, um mit den Augen die Straße abzusuchen, wobei er fürchtete, seine Frau sei hereingekommen, ohne daß er sie gesehen habe, sie sei in diesem Augenblick im Treppenhaus, sie werde ihn dabei ertappen, wie er auf der Lauer lag, ihm plötzlich auf die Schulter klopfen.

Um zehn Uhr bat Nathalie um die Erlaubnis, nach oben zu gehen und sich schlafen zu legen. Er blieb allein in der Wohnung zurück. Bis um Mitternacht ging er lediglich im Zimmer auf und ab, ohne sich allzu viele Sorgen zu machen. »Sie ist vermutlich mit Freundinnen ins Theater gegangen. Sie hätte mich immerhin anrufen können«, dachte er. Er, der am Abend nicht rauchte, zündete sich eine Zigarette nach der anderen an. Er war nervös. Von Zeit zu Zeit kämmte er sich mit einem kleinen Taschenkamm. Manchmal streifte ihn die Angst vor einem Unfall, doch die dumpfe Wut, die mit der Zeit in ihm hochstieg, verdrängte diese Möglichkeit.

Als es ein Uhr schlug, verlor er die Beherrschung. »Man müßte blind sein ... man müßte blind sein ...«, wiederholte er immerzu. »Es dauert lang, bis ich begreife, aber wenn ich einmal begreife, begreife ich auch wirklich. Es ist klar. Ah! Wenn das so ist, werden wir ja sehen ...« Er ging im Eßzimmer auf und ab. Jedesmal, wenn er ein Taxi hörte, lief er ans Fenster. Seine Hände waren feucht. Ständig rieb er sie an der Hose ab, um sie zu trocknen. »Wenn man Leute hintergehen will, stellt man sich geschickter an.« Das war die rachsüchtige Seite von Jean-Antoine About. Es gab andere Momente, da setzte er sich auf einen Stuhl und wehrte sich in der Stille der Nacht gegen die Wahrheit. Sie kam näher. Mochte er auch zurückweichen, sie rückte immer weiter vor. In einer Minute, in einer Sekunde würde er alles erfahren, und dann, erst dann, wäre es vorbei.

Erneut ging er ans Fenster und lehnte sich hinaus. Es war eine laue Frühlingsnacht. Dunkle Wolken glitten langsam über den sternenübersäten Himmel. Plötzlich hielt ein Taxi an der Ecke seiner Straße und der Place Vintimille. In diesem Augenblick erhellte der Mond, lange hinter einem Schleier verborgen, die Fassade der gegenüberliegenden Häuser. Antoine About sah deutlich, wie seine Frau aus dem Auto stieg. Dann fuhr es weg, während durch den Wagenschlag ein Männerarm zum Abschied winkte.

Marthe legte eilig die dreißig Meter zurück, die sie vom Haus trennten. Ganz offensichtlich war der Taxichauffeur, statt auf dem Platz anzuhalten, wie man es ihn zweifellos geheißen hatte, aus Unaufmerksamkeit bis zur Straßenecke weitergefahren.

Erst, als seine Frau im Haus verschwunden war,

verließ Antoine About seinen Platz am Fenster. Er machte einige Schritte ins Zimmer. Obschon er nicht ganz begriff, was eben vorgefallen war, fühlte er sich plötzlich wie befreit von allen Fesseln und Herr seines Schicksals. Noch bevor ihm der Gedanke kam, seine Frau zu verstoßen, sah er schon alle Veränderungen, die ein Leben allein in seine Gewohnheiten bringen würde. Er selbst würde sich um Edmondes Erziehung kümmern. Seine Frau existierte nicht mehr. Alles veränderte sich um ihn herum. Dennoch blieb er ruhig. Er schloß die Fenster, setzte sich in einen Sessel und griff mit zitternden Händen nach einer Zeitung. Sekunden später trat Marthe ins Speisezimmer.

»Hast du mit dem Essen auf mich gewartet? Du hättest nicht warten sollen.«

Sie hatte einen hochroten Kopf. Ihr Haar, das unter dem Hut hervorschaute, war leicht in Unordnung geraten. Sie trug ein schwarzes Seidenkleid und über dem Arm einen Silberfuchs.

Einen Moment lang kam ihrem Mann der Gedanke, so zu tun, als wisse er von nichts. Er brauchte nur ein einziges Wort auszusprechen, und sein Leben war zerstört. Wenn er nichts sagte, blieb alles beim alten. Dieses erste, so schwerwiegende Wort auszusprechen, fühlte er im Moment nicht die Kraft. Und er fand es nicht, dieses Wort. Keines schien ihm gewichtig genug, um gleichzeitig seine

Wut, seine Verachtung und seinen Schmerz auszudrükken. Er erhob sich mit einem Satz, ging auf Marthe zu und packte sie grob an den Handgelenken, während er ihr in die Augen blickte.

»Was hast du? Was hast du, Jean?«

Er antwortete nicht. Wutentbrannt fragte er sie:

»Woher kommst du?«

»Warum willst du das wissen?«

»Woher kommst du? Bist du schwerhörig?«

»Wenn du in diesem Ton mit mir sprichst, werde ich ...«

»Antworte ... sage ich dir.«

»Wenn du darauf bestehst, ich habe mich mit Freundinnen getroffen ... Wir haben zusammen gegessen ... Wir waren im Theater ...«

»Das stimmt nicht. Du lügst. Du bist mit deinem Liebhaber im Taxi gekommen.«

»Im Taxi? Mit meinem Liebhaber? Du bist verrückt.«

»Ich habe dich gesehen.«

»Laß mich erst los.«

Sie riß sich los, wie an jenem Tag in Onjon, als er ihre Hand genommen hatte.

»Ich sage dir, daß ich dich gesehen habe.«

»Und ich sage dir, daß es nicht stimmt.«

Es traf sie völlig unvorbereitet, da sie gedacht hatte, sie würde keine Erklärungen abgeben müssen, was sie getrieben hatte, und einen Moment lang hatte sie Angst gehabt. Doch kaum hatte sie die Beherrschung wiedererlangt, hatte sie sofort beschlossen, alles zu leugnen.

»Antworte, ich flehe dich an«, fuhr Antoine About fort.

Marthe kam der Gedanke, sie könne ihren Mann beruhigen und Zeit gewinnen, wenn sie sich bei der Frage des Taxis aufhielt. »Er hat mich vermutlich nicht deutlich gesehen, der Wagen hat ja auf dem Platz angehalten.« Plötzlich besänftigt, beinahe zärtlich, bemerkte sie:

»Es war jemand, der mir glich. Ich sage dir, daß ich zu Fuß gekommen bin.«

»Woher kommst du? Ich frage dich, woher du kommst.«

»Ich sage dir, daß ich mit Freundinnen essen war. Sie haben so sehr darauf gedrängt, daß ich nicht ablehnen konnte.«

»Und wo wart ihr essen?«

»In einem Restaurant, in der Nähe der Madeleine.«

»Du lügst.«

Beim Anblick ihres Mannes, der bleich war und zitterte vor Wut, hatte Marthe plötzlich das Gefühl, alles um sie herum stürze ein, sie werde bald allein und mittellos dastehen. Ihr schien, zu leugnen, alles zu leugnen, sogar das Offenkundige, sei ihre einzige Rettung.

»Ich lüge nicht.«

»Du lügst.«

»Ich schwöre dir, ich lüge nicht.«

Das war zu viel Zynismus für Antoine About. Sein Verstand trübte sich. Die Vergangenheit versank in einem Nebel. Er ging auf Marthe zu. Eine Sekunde lang kam ihm der Gedanke, sie zu warnen, daß er sie schlagen werde. Dann versetzte er ihr mit aller Kraft einen Faustschlag mitten ins Gesicht. Sie stieß einen gellenden Schrei aus, machte, die Arme schützend vor dem Kopf, taumelnd einige Schritte, lehnte sich dann an eine Wand und schaute ihrem Mann ins Gesicht. Mit Tränen der Wut in den Augen, begann sie ihn zu beschimpfen:

»Rohling ... Taugenichts ... Mörder ...«

Erschöpft blieb er mit hängenden Armen vor ihr stehen.

»Du bist ein Rohling ... eine Frau zu schlagen ... schämst du dich nicht ...«

Er hörte nicht, was sie sagte. Zum ersten Mal überfiel ihn eine grenzenlose Verzweiflung. Er dachte an Edmonde.

»Schrei nicht ... Du wirst die Kleine wecken.«

Doch seine Frau war außer sich.

»Sie wird alles erfahren ... sie wird erfahren, wie du mich behandelst ... Alle werden es erfahren.«

Beim Gedanken, daß er der Betrogene war, daß

er derjenige war, der litt, und daß seine Frau sich zur Richterin aufwarf, verlor Antoine About die Beherrschung. Wieder ging er auf sie zu. Auf seinem Gesicht lag ein solcher Ausdruck von Wahnsinn, daß Marthe halb tot vor Angst in eine Ecke des Zimmers flüchtete.

»Sie wird nichts erfahren, weil ich dich töten werde, du Luder.«

Mit gespreizten Fingern und mit Augen, die aus den Höhlen traten, näherte er sich seiner Frau, die, völlig verängstigt, sich nicht einmal mehr zu verteidigen suchte. Plötzlich, als er sie fast erreicht hatte, schrie sie:

»Wenn du noch einen Schritt machst, rufe ich ... rufe ich Edmonde ... Dann sieht sie ... mit eigenen Augen ...«

Jean-Antoine About blieb stehen. Ein unendlich milder Ausdruck trat auf sein Gesicht. Seine Arme fielen herab. Er war niedergeschmettert. Im Geiste sah er alles, was er für diese Frau getan, alle Ambitionen, die er für sie gehegt hatte, alle zarten und unergründlichen Aufmerksamkeiten, die sie aus ihm hervorgelockt hatte, all das Glück, das er ihr hatte geben wollen, alles, und sogar den Gedanken, der ihm bei der Arbeit kam, ihr sein Leben anzubieten, wenn es nötig wäre. Wie zu der Zeit nach dem Hinauswurf bei der Firma Daniel, als er gespürt hatte, wie schwach er in dieser Welt war, begriff er, daß er kein Gewicht hatte, dünn und schutzlos war, daß er nichts von den Qualitäten besaß, die er bei den anderen bewunderte. Er erinnerte sich, wie viel er in seiner Jugend geweint hatte. Die Augenblicke voller Überschwang, in denen er an seine Zukunft geglaubt hatte, zogen an seinen Augen vorüber und erschienen ihm kindisch. Heute hatte er die Vierzig überschritten. Er hatte nichts mehr zu erwarten vom Leben und auch nichts mehr zu bedauern. Seine Existenz war eintönig. Die Jahre, in denen sich sein kleiner Erfolg vollzogen hatte, schienen ihm unbedeutend. Was er mühsam aufgebaut hatte, stürzte zusammen. Er schaute seine Frau traurig an.

»Du liebst mich also nicht?«

Ihre Haare waren aufgelöst, das Gesicht tränenüberströmt.

»Rohling ... schämst du dich nicht!«

Er wurde nicht wütend. Langsam ging er zu einem Sessel, setzte sich und begann zu weinen.

»Jetzt kannst du weinen, nach dem, was du getan hast.«

Sie triumphierte. Das war wieder der Ehemann, den sie kannte. Indem sie ihn mit Beschimpfungen überschüttete, rächte sie sich für die Kühnheit, die er besessen hatte, sich zu verändern. Im Innersten schien ihr, dank der Vorsehung sei noch einmal alles gut gegangen. Wenn sie innerlich strahlte, so gab sie sich Mühe, zu tun, als leide sie unter einer großen Ungerechtigkeit. Und Antoine About weinte noch immer, während sie ihn mit Beschimpfungen und abfälligen Sätzen bombardierte, in denen dauernd die Worte wiederkehrten: »Eine Schande, von so einem Rohling verdächtigt zu werden.«

Nach dieser heftigen Szene lebten die beiden Gatten einen Monat lang nebeneinander, ohne das Wort aneinander zu richten.

Dann wurde in gegenseitigem Einvernehmen beschlossen, es sei besser, sich zu trennen. Antoine About überließ seiner Frau eine Summe, und sie versprach ihm dafür, »er werde nichts mehr von ihr hören«. Sie hielt Wort. Eines Morgens ging sie fort, ohne auch nur ihr Kind zu küssen.

Während der ersten Monate, die auf den Weggang seiner Frau folgten, lebte Jean-Antoine About in einer Art Dämmerzustand. Er vernachlässigte seinen Frisiersalon, seine Tochter, seine Geschäfte. Er war stundenlang fern von allem, was ihn an die Vergangenheit erinnern konnte, oft in Gesellschaft von Leuten, die er in den Cafés traf und denen er seinen Namen verschwieg.

Seine Wohnung war ihm verhaßt geworden. Schon um acht Uhr stand er auf und ging den ganzen Tag weg, sei es in einen der Vororte, sei es in ein Viertel am anderen Ende der Stadt, wo er den Nachmittag im Kino zubrachte. Wenn er mitten in der Nacht nach Hause kam, begab er sich gar nicht erst in die anderen Zimmer der Wohnung, sondern ging sofort zu Bett. Da er nur schwer einschlafen konnte, blätterte er Kataloge durch, Prospekte, denn er hatte den Hang, alle Prospekte, die man ihm gab, zu behalten und sie im Bett zu lesen, dann schlummerte er ein.

Bald packte ihn ein unbändiges Verlangen, seine Frau wiederzusehen, jedoch nicht mit ihr zu sprechen, stolz an ihr vorüberzugehen. Von einem seiner Angestellten erfuhr er, daß sie in einer Bar an der Rue Daunou verkehrte, ganz in der Nähe des Frisiersalons. Tatsächlich besuchten manche seiner Kundinnen dieses Lokal. Eines Abends gegen fünf Uhr ging er mehrere Male an der Bar vorbei, traute sich jedoch nicht einzutreten. Er war noch nie in einer Bar gewesen. Er fürchtete, er würde lächerlich wirken, wüßte nicht, welches Getränk er bestellen sollte. Tags darauf kam er zurück. Es widerstrebte ihm, daß es so aussah, als suche er seine Frau. Er hätte sie lieber zufällig getroffen. Doch es war stärker als er. Er trat ein. Eine Gruppe von Frauen saß im hinteren Teil des Raums. Er spürte, daß Kundinnen dabei waren, die ihn kannten. Schließlich wagte er einen Blick. Marthe war nicht da. Er empfand große Erleichterung. Er stützte die Ellbogen auf die Theke. Plötzlich schoß ihm das Blut in den Kopf. Er hatte eben einen Satz gehört, der ihn erschütterte: »Sieh mal, das ist ihr Mann, diese Vogelscheuche.« Um sich nicht anmerken zu lassen, daß er es gehört hatte, richtete er sich steif auf. Schwindel erfaßte ihn. Automatisch trank er das Glas aus, das vor ihm stand. Dann ging er hinaus, den Kopf dorthin gedreht, wo niemand saß, damit man ihn nicht sehen konnte, auch nicht im Profil.

Unterwegs wiederholte er die Worte, die er aufgeschnappt hatte. Und im tiefsten Inneren war er seiner Frau jetzt unendlich dankbar, daß sie nicht dagewesen war. Er fragte sich, wo sie zu dieser Stunde sein mochte. Seine Unwissenheit bedrückte ihn mehr, als wenn er die Gewißheit gehabt hätte, daß sie in den Armen eines Geliebten lag. Er spürte, daß sie schon mit tausend anderen Dingen beschäftigt war. Wenn der Abend nahte, hatte sie vermutlich das gleiche Gefühl der Einsamkeit, der Verlassenheit wie er. Und wenn er ihr in diesem Augenblick begegnet wäre, hätte er sich ihr genähert, statt stolz an ihr vorbeizugehen, wie er es sich vorgenommen hatte. Trotz der offenkundigen Tatsachen begann er zu glauben, er habe sich vielleicht getäuscht, Marthe sei ihm treu gewesen.

Doch mit der Zeit nahm er neue Gewohnheiten an und begann zu vergessen. In manchen Momenten schien ihm jedoch, sie hätten keine Geschichte, sie gehörten nicht zu ihm, da er der einzige war, der sie angenommen hatte. Seine neuen Sorgen waren leichter als seine einstigen und gingen ihm weniger nahe, er hatte sogar den Eindruck, wenn er sich einmal rühren wollte, würde er sie schon vertreiben. Doch er rührte sich nie, war unbewußt darauf aus, daß sie mit der Zeit größer wurden, daß sie sich zu einem richtigen Kummer auswuchsen, von dem er sich nicht mehr würde befreien können. Das gleiche geschah mit den Leuten, mit denen er neu in Berührung kam. Sie wirkten nicht mehr wie früher so, als würden sie in seinem Leben eine Rolle spielen. Sie schienen einer anderen Welt anzugehören, die weit und friedlich war, wo niemand sich liebte und niemand sich haßte. Es war, als umgebe ihn eine Heerschar von Phantomen. Ob sie nun allesamt verschwanden oder sich plötzlich vermehrten, war ihm eins. Auch die Häuser, die Straßen veränderten sich. Überall war mehr Luft. Überall entstand eine Leere, wenn er sich näherte. Es war, als kehrte man in die Stadt seiner Kindheit zurück. Sogar die Personen, die er gekannt hatte und denen er weiterhin begegnete, waren anders. Wie in jenem gewissen Lebensjahr, in dem man plötzlich altert, schienen ihm Kleinigkeiten anzudeuten, daß alle die gleiche Krise durchgemacht hatten wie er, und daß sie von der gleichen Einöde umgeben waren. Mit bald fünfzig Jahren ging er einer neuen Welt entgegen, die wie die seine von Einsamkeit umschlossen war. Alles, von dem er bisher gemeint hatte, es begleite ihn, verließ ihn. Er stand plötzlich genau so schwach da wie zu Beginn seines Lebens, jedoch ohne Glauben.

Da verwandelte sich die Liebe zu seinem Kind in abgöttische Verehrung. Eine unbestimmte Angst vor dem Atavismus ließ ihn befürchten, sie könnte sich die Krankheiten seiner Vorfahren zuziehen. Er umgab sie mit jeder erdenklichen Aufmerksamkeit, ließ keine Vorsichtsmaßnahme außer acht. Wenn er mit ihr ausging, erfüllte ihn ein grenzenloser Stolz. Er litt, wenn im Geplauder seines Kindes Sätze vorkamen, die ihn verletzte, wenn es zum Beispiel sagte, der Zeichenlehrer gliche mit seinem Spitzbart und seinem Toupet einem Friseur. Je älter seine Tochter wurde, desto sorgfältiger bemühte er sich, seinen Beruf vor ihr zu verbergen. Da er fürchtete, sein Name auf der Tür des Geschäfts könnte ihre Aufmerksamkeit auf sich lenken, ließ er ihn eines Tages entfernen. Als Edmonde vierzehn Jahre alt war, wollte er, daß sie Klavierunterricht nahm. Zu erfahren, daß es ein bißchen spät dafür sei, stimmte ihn tief traurig. Sein Kind begann schon unter der Unwissenheit seines Vaters zu leiden. Er litt Qualen bis zu dem Tag, als er die Gewißheit erlangte, daß es mit der Malerei anders war.

Er wagte nicht, sie von ihren Unterrichtsstunden abzuholen, so sehr fürchtete er, neben den anderen Eltern ordinär zu erscheinen, und er wagte auch nicht, den Lehrern zu schreiben, ja nicht einmal, mit ihnen zu sprechen. Diese Aufgaben fielen Nathalie zu.

Er gab sich damit zufrieden, am Donnerstag und Sonntag mit Edmonde auszugehen. Sein größtes Glück bestand darin, an ihrer Seite zu sein. Sie gingen aufs Land oder ins Theater. Allem, was seine Tochter sagte, hörte er andächtig zu. Bei den geringsten Auseinandersetzungen gab er ihr immer recht.

An einem Donnerstag im Mai ereignete sich etwas, das ihn zutiefst aufwühlte und demütigte. Am Tag zuvor hatte seine Tochter darauf gedrungen, den Jardin d'Acclimatation zu besuchen. Sie hatte sich mit einer ihrer Kameradinnen verabredet, die mit ihren Eltern hingehen wollte. »Es wird lustig sein«, hatte sie gesagt, »sich dort zu treffen.« Sie hatte die Verabredung ihrem Vater verheimlicht, da sie dunkel spürte, daß er, wie sie ihn kannte, sonst nicht mitgekommen wäre. Der Tag war schön. Um zwei Uhr waren Vater und Tochter schon im Park. Antoine About konnte sich kaum fassen vor Freude. Er sagte seiner Tochter dauernd, sie solle vorauslaufen, damit er von weitem ihre ganze Erscheinung betrachten konnte. In einer Allee trafen Edmonde und Simone Marcelin unvermittelt aufeinander. Monsieur und Madame Marcelin kamen langsam nach. Monsieur Marcelin war ein Mann von fünfzig Jahren, groß, stark und von stolzer Haltung. Als Oberst eines Infanterieregiments hatte er in China, in Afrika, in Saloniki und an der französischen Front im Feld gestanden. Er hielt sich sehr gerade. Ein energischer Ausdruck lag auf seinem sonnengebräunten Gesicht. Vor dreißig Jahren hatte er sich aus einer plötzlichen Anwandlung heraus zu eben dem Regiment gemeldet, das er heute befehligte. Die Ehren und die Gefahren des Militärlebens hatten ihn angezogen. Er hatte damals von Uniformen geträumt, von Orden und davon, ein junger und brillanter Offizier zu sein, auf den Provinzbällen zu tanzen, die hübschesten Mätressen der Garnisonstädte zu haben. Nach einem abenteuerlichen Leben hatte er sich mit der Witwe eines Präfekten verheiratet. Seither hatte er sie mehrmals betrogen. »Es war rein sinnlich«, sagte er, damit sie ihm verzieh.

Beim Anblick dieses Mannes, der vor seinem Kind galant den Hut zog, erfaßte Antoine About ein Gefühl der Scham, vermischt mit Angst. Ihm schien, um ihn herum blase unablässig ein glühender Wind. Die ganze Schwüle dieses warmen

Nachmittags lastete auf seinen Schultern. Er sah überall weiße Zeitungen in den Händen der Spaziergänger, Kinder, die über die niedere Abgrenzung in Form von kleinen Bögen hinwegstiegen, um auf den Rasenflächen zu spielen. Der Gedanke an Flucht schoß ihm durch den Kopf. Er hatte nicht mehr die Zeit nachzudenken. Seine Tochter hatte sich nach ihm umgedreht. Er stand allein auf einer ziemlich weiten Fläche. Der Oberst und seine Frau schauten zu ihm hin und kamen ihm schon entgegen.

»Bestimmt sind Sie Monsieur About. Erlauben Sie mir, mich vorzustellen: Oberst Marcelin.«

Dann, an seine Frau gewandt:

»Monsieur About.«

Edmondes Vater nahm den Hut ab und stammelte einige Worte. Er wurde rot. Er wußte nicht, was er sagen sollte. Ihm schien, seine Tochter werde für immer kompromittiert sein. Er nahm eine steife Haltung ein, um ihrer würdig zu sein. Madame Marcelin musterte ihn von Kopf bis Fuß. Er reichte dem Oberst kaum bis zur Schulter. Er schämte sich dieses Größenunterschiedes, seiner Manieren, seines Gesichts, seiner Kleidung. Ihm schien, es stehe ihm auf die Stirn geschrieben, daß er Friseur war, die Eltern von sämtlichen Kameradinnen Edmondes werden es erfahren, auch die Lehrer, und der Satz, den er in der Bar gehört hatte, kam ihm wieder in den Sinn, nur abgewandelt: »Sieh mal, das ist ihr Vater, diese Vogelscheuche.«

Eine tiefe Verzweiflung erfaßte ihn. Seine Tochter lachte mit Simone. Sie so naiv und sorglos zu sehen, zerriß ihm das Herz. Er hatte den Eindruck, schon vom nächsten Tag an würde sie ausgeschlossen werden, und niemand würde mehr das Wort an sie richten.

»Sie scheinen sich gut zu verstehen, unsere Kinder ...«, bemerkte der Oberst.

Antoine About erinnerte sich an die Anstrengungen, die er einst unternommen hatte, um sich ungezwungen mit den Direktoren zu unterhalten. Er dachte: »Ich brauche nur zu reden, irgend etwas zu sagen. Alles ist besser als dieses Schweigen.«

Er lächelte, zeigte mit dem Finger auf seine Tochter und sagte:

»Meine Tochter, wie wohl auch die Ihre, liebt Spaziergänge. Dieser Park ist amüsant.«

Er hielt inne, um ein paar ehrerbietige Gesten zu machen. Von Zeit zu Zeit warf er einen unruhigen Blick auf die Leute, die ihn langsam überholten.

»Wie es scheint, kann man hier auf Elefanten und Kamelen reiten«, fuhr er fort.

»Klägliche Kamele«, bemerkte der Oberst. »Kinder lieben die Parks, und für die Eltern ist es ein Vergnügen, sie zu begleiten.«

Ermutigt, wollte Antoine erklären, welche Gefühle es in ihm auslöste, mit Edmonde an diesen Ort zu kommen.

»Es ist köstlich zu sehen, wie das eigene Kind Spaß hat an Spielen, die einem selber heute kindisch erscheinen.«

Nach einigen Minuten unterbrach ihn der Oberst.

»Es ist tatsächlich reizend. Leider haben die Erwachsenen Verpflichtungen, von denen die Jugend nichts weiß. Wir treffen uns bestimmt ein andermal wieder. Au revoir, Monsieur. Au revoir.«

Als er wieder allein war, hatte Antoine About ganz deutlich den Eindruck, daß der Oberst, den er sich entfernen sah, zu seiner Frau sagte: »Was ist denn das für ein Typ?« In diesem sonnigen Park, inmitten der fröhlichen Spaziergänger, fühlte er sich elend und mit einem dunklen Leben belastet. Seine Vergangenheit zog an ihm vorüber. Sie bestand aus tausend erbärmlichen Erinnerungen, die voll waren von allen Niedrigkeiten, allen schäbigen Machenschaften, die ein Leben zu fassen vermag. Manche davon ließen ihn erröten. Er rief seine Tochter herbei und sagte, er wolle gehen. Sie schaute ihn so erstaunt und traurig an, daß er nicht die Kraft fand, darauf zu bestehen.

Je älter Edmonde wurde, desto größer wurden der Stolz und die Liebe ihres Vaters. Er wurde ganz närrisch darüber. Sie war in seinen Augen so schön, daß er mit Leuten, zu denen er geschäftliche Beziehungen unterhielt, nie über sie sprach. Ihm schien, er hätte damit sein Kind herabgemindert. Er hütete diese Leidenschaft ganz tief in seinem Inneren. Doch bisweilen fragten ihn Nachbarn, die er seit zehn Jahren kannte: »Und wie geht es der Kleinen?«

Diese einfache Frage erschütterte Antoine About. Er sah darin eine ordinäre Vertraulichkeit, die ihn an seinen wahren Stand erinnerte. Die Frage traf über ihn sein Kind und ließ es eine Stufe tiefer steigen, stellte es auf eine niederere Ebene. Genau das war es, was er vor allen Dingen fürchtete. Sein Lebensinhalt bestand darin, seine Tochter über das Milieu zu erheben, in dem er lebte. Er hatte den Eindruck, das Gerüst, auf dem sie stand, sei instabil und die geringste Nachlässigkeit von seiner Seite könnte es zum Einstürzen bringen. Er lebte in der beständigen Angst vor diesem Einsturz. Und daß seine Tochter nichts ahnte, quälte ihn, als hätte er einen Kranken vor sich, der nichts von der Schwere seines Leidens wußte. Mit nie nachlassender Aufmerksamkeit wachte er darüber, daß Edmonde keinen Verdacht schöpfte. Alles, was sie wünschte, gewährte er ihr. Zu Hause war er ständig darauf bedacht, gute Manieren an den Tag zu legen. Er sprach wenig. Obschon er es liebend gern getan hätte, zog er im Sommer sein Jackett nicht aus. Als nähme seine Gegenwart Edmondes Jungmädchenzimmer etwas von seinem Glanz, betrat er es nie. Aus Angst, unwissend zu erscheinen, mimte er eine große Gleichgültigkeit gegen alles. Auf diese Weise stellte ihm seine Tochter nur selten Fragen. Wenn sie ihn zufällig einmal um Rat bat, lautete die stets gleiche Antwort: »Mach es doch wie deine Freundinnen.« Eines Tages teilte sie ihm mit, Simone male, und sie selbst wolle sich ernsthaft damit beschäftigen.

Edmonde war damals achtzehn Jahre alt. Sie ging nicht aus dem Haus, ohne einen Band von *Les Fleurs du Mal* mitzunehmen. Sie fühlte sich zu ganz bestimmten literarischen und künstlerischen Richtungen hingezogen. Stundenlang diskutierte sie über Kunst, über die schmerzvolle Entstehung eines Werks, über den Unterschied zwischen Genie und Talent, über das Leben der großen Künstler, über die Gesellschaft, die diese nicht verstand.

In den Augen ihres Vaters kleidete sie sich kurios. Aber lieber wäre er gestorben, als daß er eine Bemerkung darüber gemacht hätte. Sie trug Pullover in grellen Farben, Filzhüte, wie man sie bei Männern sah, deren Krempe sie jedoch jeden Tag auf eine andere Art zurechtbog, Halstücher aus Batikstoffen. Ihr Haar war im Nacken ganz kurz geschnitten. Sie legte keinerlei Schminke auf. Sie trug eine nachlässige Art, sich zu kleiden und eine Verachtung für das Elegante zur Schau. Ohne es sich erklären zu können, schämte sie sich für ihren Vater. Vorher wartete er jeweils im Jardin de Luxembourg auf sie, wo sie ihn nach ihren Zeichenstunden traf. Wenn sie sich zu dieser Verabredung begab, trennte sie sich von ihren Freundinnen und schaute mehrmals zurück, um sicher zu sein, daß niemand hinter ihr war, der sie kannte.

Eines Tages sagte sie zu ihrem Vater: »Ich bin jetzt groß. Du brauchst mich nicht mehr abzuholen.« Er fühlte sich im übrigen immer befangener in ihrer Nähe. »Sie urteilt über mich«, dachte er oft. Er wagte immer weniger, mit ihr zu sprechen. Manchmal verließ er nicht einmal sein Zimmer, wenn er sie in die Wohnung kommen hörte. Er ging ihr aus dem Weg und suchte zugleich ihre Gegenwart. Seine Liebesbezeigungen wurden immer unbeholfener, da er nicht wußte, wie er sie zum Ausdruck bringen sollte. Ständig stürzten ihn die Bemerkungen seiner Tochter in einen Abgrund. Eines Tages zum Beispiel, als er sie bewundernd angeschaut hatte und zu ihr sagte: »Ich wollte, du wärst eine Königin«, hatte sie mit einem Anflug von Verachtung geantwortet: »Eine Heilige, solltest du sagen.« Bei Tisch wagte er nicht zu essen. Er begnügte sich damit, in ihrer Nähe zu sein, sie jedesmal anzulächeln, wenn sie aufschaute. Erst, wenn sie gegangen war, nahm er etwas zu sich. Er küßte sie nicht. Er behielt bloß ihre Hand lange in seinen Händen, was seine Tochter einmal zu der Bemerkung veranlaßte: »Du hast eine Art, einem die Hand zu drücken!« Er ließ sich seine Liebe immer weniger anmerken, während es ihm ein bitteres Glück bereitete zu sehen, wie seine Tochter all die Opfer annahm, die er für sie brachte, ohne sie auch nur zu bemerken.

Doch da fiel unerwartet etwas vor, das ihn tief schmerzte. Es war ein Sonntag. Er hatte unbedingt mit seiner Tochter ausgehen wollen. Sie hatte zuerst abgelehnt und dann schließlich gesagt:

»Nun gut, gehen wir in den Louvre. Ich werde dir erklären, was schön ist und warum es schön ist.«

Als sie so am Seineufer entlanggingen, begann Edmonde, ohne ein Wort zu sagen, plötzlich zu laufen. Hundert Meter weiter vorn blieb sie stehen. Als er sie eingeholt hatte, fragte Antoine About:

»Aber was ist denn in dich gefahren?«

»Ach, nichts. Es ist nichts. Ich hatte Lust zu laufen.«

Antoine About wurde nicht klug daraus. Die Haltung seiner Tochter schien ihm die einer Verrückten.

»Nun komm schon, Papa. Laß uns nicht so stehenbleiben.«

Er gehorchte. Doch die Szene wollte ihm nicht aus dem Kopf gehen.

»Edmonde, so sag mir doch, warum du plötzlich einfach davongelaufen bist.«

Sie zögerte einen Moment, dann sagte sie naiv:

»Auf der anderen Straßenseite waren Leute, die ich kannte.«

»Und du wolltest nicht mit ihnen reden?«

»Aber nein, Papa, wo denkst du hin, das ist es nicht.«

Innerhalb eines Augenblicks löste sich der ganze Nebel in Antoine Abouts Hirn auf. Was unklar war, wurde überdeutlich. Er begriff alles. Seine Tochter schämte sich für ihn. Sie war davongelaufen, damit man ihn nicht in ihrer Gesellschaft sah. Er ging weiter, ohne etwas zu sagen, doch eine tiefe Traurigkeit erfüllte ihn. Kein Vorwurf kam über seine Lippen. Statt gekränkt zu sein, ärgerte er sich über sich selbst, daß er seiner Tochter so lästig war. Er nahm sein Los mit einer schmerzlichen Ergebenheit hin und bemühte sich nur um eines: seinen Schmerz zu verbergen. Dennoch trieb ihm eine große Bitterkeit Tränen in die Augen. Für dieses

Kind hatte er alles getan. Jahrelang hatte er nur für ein einziges Ziel gelebt: es glücklich zu machen. Es war das gleiche gewesen mit seiner Frau. Und doch war ihm niemand dankbar dafür. Er konnte nicht mehr. Tränen rollten über seine Wangen. Auch er wollte in diesem Moment davonlaufen.

»Es ist vielleicht besser, du gehst allein in den Louvre. Ich verstehe nichts von der Malerei.«

Edmonde sah ihn erstaunt an.

»Wie du willst, Papa. Mir scheint tatsächlich, es ist besser so.«

Er sah ihr nach in der Hoffnung, sie schaue zurück, um ihm zu winken, dann machte er sich langsam auf den Nachhauseweg.

Dieser Vorfall sollte einem anderen, viel schlimmeren vorangehen. Eines Abends, nach dem Abendbrot, als er im Eßzimmer seine Zeitung las, trat Edmonde zu ihm hin und küßte ihn mit ungewohnter Zärtlichkeit auf die Stirn.

»Mein liebster Vater, ich möchte ernsthaft mit dir reden.«

Antoine About war nicht an diese Sanftheit gewöhnt. Eine Art Entzücken durchströmte sein ganzes Wesen. In den Vasen waren Blumen. Er selbst ging sie jeweils am Morgen holen, um der

Wohnung einen freundlicheren Anstrich zu geben, so sehr fürchtete er, seine Tochter langweile sich hier.

»Sprich, mein liebstes Kind.«

»Du unterbrichst mich nicht, bis du alles gehört hast.«

»Aber nein.«

»Du darfst nicht böse werden, wenn ich dich jetzt um etwas bitte.«

Antoine About hatte eine Vorahnung. Dennoch sagte er:

»Du weißt genau, daß ich dich zu sehr liebe, als daß ich dir böse sein könnte.«

»Gut, ich werde dich um etwas bitten. Also. Ich habe gedacht, es wäre besser, wenn ich in der Nähe der Kunstschule wohnen würde. Ich nähme ein Hotelzimmer. Das Geld, das du zu Hause für mich auslegst, gibst du mir. Es wäre besser so für mich, für meine Arbeit. Wir würden uns gleich oft sehen. Ich käme ständig nach Hause.«

Edmonde wünschte sich ihre Freiheit mit Inbrunst. Sie dürstete nach Unabhängigkeit. Sie fühlte sich herabgemindert dadurch, daß sie in diesem traurigen Haus am Montmartre wohnte, verpflichtet war, zu den Essenszeiten nach Hause zu kommen, am Abend nur selten ausgehen konnte. Sie träumte davon, spät abends in den Cafés herumzusitzen und über Malerei zu reden, zu jeder Tages-

und Nachtzeit in den Restaurants zu essen, ein Künstlerleben zu führen.

Er hörte ihr nicht mehr zu, sah sie nicht mehr. Plötzlich hatte er begriffen, daß es vorbei war, daß er kein Kind mehr hatte, daß er allein war. Ein Gedanke durchzuckte ihn plötzlich wie ein Blitz: »Eher schließe ich sie ein, als daß ich sie gehen lasse.« Dann fand er seine Ruhe wieder. »Ach, es geschieht mir recht, es geschieht mir recht.« Wieder schickte er sich in sein Los. Er spürte, daß nichts seine Tochter zurückhalten konnte, daß ihre Bitte unabweisbar war. Sie schaute ihn flehentlich an. Einen Moment lang kam ihm der Gedanke, sie habe vielleicht einen Geliebten. Dann sah er sie vor sich. Sie schien ihm so frisch, so naiv, ihm selbst so weit überlegen, daß sich sein Verdacht sogleich zerstreute.

»Willst du unbedingt von zu Hause weggehen?«

»Aber du hast mich nicht verstanden, Papa. Ich gehe nicht von zu Hause weg. Ich nehme nur einfach ein Zimmer in der Nähe der Kunstakademie. Das ist besser für meine Arbeit.«

Antoine war entwaffnet angesichts der ersten so entschiedenen Willensbezeigung seines Kindes.

Anfangs besuchte Edmonde ihren Vater häufig. Es war jeweils ein Fest für ihn. Er bestellte Kuchen, schmückte die Wohnung mit Blumen und begab sich dann, als würde es sich um eine Zeremonie handeln, in den Salon, wo er, rasiert und neu eingekleidet, auf sie wartete, während er auf und ab ging.

Als er sie nach einer Abwesenheit von drei Tagen zum ersten Mal wiedersah, konnte er die Augen nicht von ihr lassen. Er sah im Geiste alles, was sie in dieser Zeitspanne ohne ihn getan hatte. Sie hatte also gebadet, hatte gegessen. Sie trug die gleiche Frisur wie am Tag, als sie ihn verlassen hatte, und doch hatte sie ihren Hut inzwischen bestimmt zehnmal abgenommen.

Sie kam immer zu spät. Sie stellte sogleich die Haltung einer Person zur Schau, die im Moment nichts zu tun hat und etwas verweilen will. Sie legte ab, bat, sich erfrischen oder einen Kaffee trinken zu dürfen, setzte sich in einen Sessel und nahm eine nonchalante Pose ein, als wolle sie schlafen. Dann, eine Viertelstunde später, schützte sie plötzlich einen Kurs vor, um wieder zu gehen. Ihre Besuche wurden immer spärlicher. Ihr Vater ging kaum weg aus Angst, er könnte sie verpassen.

Es kam, wie es kommen mußte. Eine ganze Woche lang wartete Antoine About vergeblich auf sie. Jeden Tag nahm er sich vor, am nächsten Tag zum Hotel seiner Tochter zu gehen. Doch eine Art Schamgefühl hinderte ihn daran. Er fürchtete, daß er Leuten begegnen könnte, mit denen er ein Gespräch anknüpfen müßte, daß es schien, als verdächtige er seine Tochter, sich ungehörig zu benehmen.

Doch am achten Tag hielt er es nicht mehr aus. Er stand früh auf, nahm ein Taxi und ließ sich zum Hotel fahren. Unterwegs wäre er mehrmals fast wieder umgekehrt, so aufgewühlt war er. Vor dem Hotel blieb er einen Moment lang unentschlossen stehen. »Es ist vielleicht zu früh«, meinte er. Schließlich ging er hinein.

Es war ein gewöhnliches Haus, das in ein Hotel umgewandelt worden war. Der hintere Hof war mit Glas überdacht. Im Vorraum, der als Hotelhalle eingerichtet und mit Mosaik ausgelegt war, wiegten sich Leute, die Antoine About Fremde zu sein schienen, in Schaukelstühlen. Das Fenster der Pförtnerloge war entfernt worden. Der Fensterrahmen bildete eine Art kleine Wandöffnung zu einem engen Raum, der ursprünglich für die Raucher bestimmt war, wo indes die Mieter am Tisch ihre Korrespondenz erledigten.

»Ist Mademoiselle About in ihrem Zimmer?«

»Ich werde nachsehen.«

Der Hotelbesitzer warf einen Blick auf das Schlüsselbrett.

»Sie ist da. Ich werde sie benachrichtigen.«

»Das ist nicht nötig. Ich gehe hinauf. Sagen Sie mir, in welchem Stock ihr Zimmer ist. Ich bin ihr Vater.«

Antoine About hatte die letzten Worte voller Stolz gesprochen. Doch er bereute es sogleich. »Ich hätte nicht sagen sollen, daß ich ihr Vater bin«, dachte er. »Was bin ich dumm. Man wird jetzt weniger Achtung vor ihr haben.« Er begann, die Treppe hochzusteigen. Sein Herz klopfte.

Einen Moment lang hatte er Gewissensbisse, weil er unangemeldet bei seinem Kind auftauchte, und fast wollte er wieder kehrtmachen. Vor der Tür seiner Tochter suchte er nach einem Vorwand für seinen Besuch, bevor er anklopfte. »Ich werde ihr sagen, daß ich Angst hatte, sie sei krank.« Er klopfte.

»Wer ist da?«

Er erkannte die Stimme seiner Tochter. Doch dieser Satz, den er noch nie aus ihrem Mund gehört hatte, dieser Satz, der aus einem Zimmer kam, das er nicht kannte und in dem doch der Mensch lebte, den er auf der Welt am meisten liebte, gab ihm das unangenehme Gefühl, es sei nicht Edmonde, die ihn ausgesprochen hatte, sondern eine unbekannte Frau.

»Ich bin's.«

»Du, Papa?« fuhr die Stimme fort, die sich der Tür genähert hatte.

»Ja, ich komme dich besuchen.«

Die Stimme wurde ängstlich.

»Aber ich bin noch im Bett. Warte unten auf mich . . . ich komme in einigen Sekunden nach.«

In diesem Augenblick schien es Antoine About, als habe hinter der Tür eben eine andere Stimme ein paar Worte gesagt, die Stimme eines Mannes.

»Zieh einen Morgenmantel über.«

»Aber nein, Papa. Geh nach unten. Ich sage dir doch, ich komme sofort nach.«

Antoine About hörte Schritte hinter sich. Es war der Hotelbesitzer, der langsam die Treppe hochstieg und ihn verstohlen musterte. Er hatte den Eindruck, daß dieser Mann dabei sein wollte, wenn die Tür aufging und er sich deshalb nicht beeilte.

»Gehst du nach unten, Papa?« fragte Edmonde.

»Nein, ich warte hier auf dich.«

»Tu mir den Gefallen. Geh doch nach unten, Papa.«

Der Hotelbesitzer stieg weiter langsam die Treppe hoch. Doch er mochte noch so sehr trödeln, er befand sich jetzt im Stockwerk über ihnen.

»Mach auf, Edmonde.«

»Ich kann nicht. . . Ich kann nicht . . . Geh nach unten . . . ich komme in einer Sekunde nach.«

Antoine About wurde von einem Schwindelanfall erfaßt, und er spürte, daß Gewalt das einzige Mittel war, sich davon zu befreien. Er hatte erraten, daß seine Tochter mit einem Mann zusammen war, aber das hatte ihm noch nichts ausgemacht. Es war nicht sicher. Er wollte es nicht wissen. Er wollte nicht weggehen. Er wollte in dieses Zimmer hinein. Mit der Faust schlug er mit aller Kraft gegen die Tür und schrie plötzlich:

»Mach auf . . . Mach auf . . . du sollst aufmachen, oder ich trommle das ganze Hotel zusammen.«

Seine Instinkte, die er dem Glück seiner Tochter zuliebe so lange zurückgedrängt hatte, brachen hervor. Er brauchte ihrer nicht mehr würdig zu sein. Im Zimmer flehte Edmonde entsetzt:

»Werd nicht böse, Papa. Ich werde aufmachen . . . aber geh nach unten.«

»Mach auf, mach auf, oder ich schlage die Tür ein.«

»Ja . . . ich mache auf. Wart eine Sekunde.«

»Jetzt . . . Jetzt gleich.«

Da vernahm er, trotz seiner Wut, trotz des Rauschens in seinen Schläfen, eine bebende Stimme. Er erkannte die Stimme seiner Tochter. Sie schien nicht mehr aus dem Zimmer zu kommen. Sie sagte: »Aber da ist noch jemand.«

Antoine About begriff den genauen Sinn dieser Worte nicht. Sie tanzten in seinem Kopf herum. Er begriff nicht, und doch gab es jetzt keinen Zweifel mehr. Seine Tochter selbst hatte ihm eben gestanden, daß sie mit ihrem Liebhaber zusammen war.

Seine Wut schwoll weiter an. Ein Gedanke nahm

in seinem verwirrten Kopf Gestalt an: aus seiner Tochter in einem Augenblick das zu machen, was sie ohne ihn gewesen wäre.

Mit eigensinniger, rauher Stimme fuhr er fort: »Mach deinem Vater auf, oder ich rufe die Polizei.«

In diesem Moment stieg der Hotelbesitzer, der vom oberen Stockwerk die ganze Szene mit angehört hatte, die Treppe hinunter und ging auf Antoine About zu.

»Beruhigen Sie sich, Monsieur. Das hier ist ein anständiges Hotel.«

About starrte ihn wütend an und sagte dann mit einer Stimme, die geprägt war vom typischen Akzent der Vorstadtbewohner, der plötzlich aus den Tiefen seiner Vergangenheit kam:

»Kümmer dich um deine eigenen Angelegenheiten.«

Im gleichen Moment drehte sich der Schlüssel im Schloß, doch die Tür öffnete sich nicht. Er wartete einige Sekunden, die Augen auf das Schloß geheftet. Dann stürmte er wie ein Verrückter ins Zimmer. Ein junger Mann stand neben dem Kamin. Seine Tochter hatte sich in einen Sessel fallen lassen und weinte. Im Zimmer herrschte Unordnung. Farbtuben lagen auf dem Tisch. Mit Nadeln an die Wand geheftete Skizzen bewegten sich leicht hin und her. Ein Kleid lag auf dem Boden.

Antoine About machte einige Schritte. Er war

blind vor Wut. Der junge Mann, der groß und blond war, sagte sofort:

»Monsieur ... ich bitte Sie um Verzeihung ... aber lassen Sie mich erklären.«

Er stotterte vor Erregung.

»Ich gehöre einer ehrbaren Familie an. Ich werde meine Eltern davon unterrichten ... erlauben Sie ...«

»Schweig«, sagte Antoine About.

Er trat zu seiner Tochter, die, seit er hereingekommen war, kein einziges Mal den Kopf gehoben hatte.

Er blieb einen Moment lang neben ihr stehen, während er sie von oben bis unten musterte, dann gab er ihr plötzlich einen Fußtritt gegen die Beine.

»Da, von deinem Vater.«

»Monsieur, ich flehe Sie an«, sagte der junge Mann und streckte die Arme aus.

»Kümmer dich um deine eigenen Angelegenheiten.«

Er strich sich mit der Hand über die Stirn, dann lehnte er sich gegen den Schrank. Seine Tochter schluchzte. Er warf ihr von Zeit zu Zeit einen bösen Blick zu. Wenn man ihn sah, schien es lediglich, als habe ihn eben ein Unwohlsein befallen. Plötzlich gaben seine Knie nach. Eine Sekunde lang hatte man den Eindruck, er würde hinfallen. Doch er richtete sich steif auf, machte versuchsweise einen

Schritt, wie es Kranke tun, dann noch einen. An der Tür drehte er sich um. Ein krampfhaftes Grinsen entstellte seinen Mund und verlieh seinem Gesicht einen gemeinen Ausdruck. Man spürte, daß er die unflätigsten Worte suchte, die er kannte, um sie seiner Tochter und ihrem Geliebten ins Gesicht zu schleudern, daß er sie aber in seinem Schmerz nicht fand.

Wieder gaben seine Knie nach. Am ganzen Körper zitternd, verharrte er in halb zusammengekauerter Stellung, die Hände schon ausgestreckt, um sich zu schützen, falls er hinfiel. Mit äußerster Willensanstrengung gelang es ihm, sich wieder aufzurichten.

»Ihr paßt gut zusammen«, stammelte er. Er ging hinaus.

In der Eingangshalle sah er einen Menschenauflauf. Zimmermädchen unterhielten sich mit den Mietern. Alle traten zur Seite, als er vorbeiging. Der Portier rief ein Taxi herbei, doch About wollte es nicht nehmen. Er erkannte den Hotelbesitzer nicht mehr, der sich eifrig um ihn bemühte und ihn am Arm bis auf die Straße hinausführte. Er dachte nicht mehr. Er ging gerade vor sich hin, wie in einem Hypnosezustand. Ein Gewitter brach los. Er dachte nicht einmal daran, sich unterzustellen, bis der Regen nachgelassen hatte. Er lief planlos umher.

Am Abend legte er sich nicht hin, und er entkleidete sich auch nicht. Er ging in der Wohnung auf und ab wie ein Irrer. Er hatte weder zu Mittag noch zu Abend gegessen. In gewissen Momenten dachte er nach, doch die meiste Zeit über befand er sich in einer Art Dämmerzustand. Es kam sogar vor, daß er alles vergaß, daß er nicht mehr wußte, weshalb er litt. Er war wie von einem Abgrund umgeben.

In anderen Momenten stieg ein seltsames Gefühl in ihm auf. Es war eine Mischung aus Demütigung und Bedauern, daß er sich wie ein Mann niederen Standes aufgeführt, daß er in einem Augenblick zerstört, was er in Jahren aufgebaut hatte – und gleichzeitig aus Befriedigung. Dann kostete er die bittere Freude der Rache aus, bis ihm plötzlich bewußt wurde, daß diese sich gegen ihn selbst richtete.

Mitten in der Nacht tauchte in seinem Hirn ganz allmählich ein Lichtpunkt auf. Um seinem Schmerz zu entfliehen, mußte er sich nur langsam dem Verfall entgegen treiben lassen, all seine Ambitionen und all seine Träume vergessen, nur noch ein einziges Ziel anstreben: der letzte der Menschen zu sein.

Doch diese Hingabe an die Auflösung war noch zu neu, als daß er sich lange dabei aufhielt. Ihr folgten normale Anwandlungen von Verzweiflung.

Am nächsten Morgen brachte ihm Nathalie einen Brief. Er war von seiner Tochter, die ihm schrieb:

»Vater, meine Seele ist dir fremd. Sie strebt nach einem anderen Ideal als dem deinen. Vielleicht wirst du später einmal begreifen, daß ich nichts Schlechtes getan habe. In ihrer Scheinheiligkeit versteckt die Welt ihre Laster hinter unmenschlichen Prinzipien. Diejenigen, die sie ablehnen, werden von der Gesellschaft zum Leiden verdammt. Du hast nicht erkannt, daß in meinem Freiheitsdrang etwas Großes lag. Ich schwöre dir noch einmal, daß ich nichts Schlechtes getan habe. Ich bitte dich um Verzeihung dafür, daß ich dir Leid zugefügt habe. Wir haben kein Recht, anderen Leid zuzufügen.«

In einem Postskriptum teilte Edmonde mit, sie habe ihr Hotelzimmer gekündigt und werde wieder zu ihrem Vater ziehen.

Antoine About las den Brief ohne Gefühlsregung.

Nach einer Nacht, in der er kaum zwei Stunden geschlafen hatte, war er vollkommen kalt. Er hatte den Eindruck, dieser Brief sei nicht von seiner Tochter geschrieben worden. »Er hat ihn ihr diktiert«, dachte er.

Dann fiel ihm die Szene im Hotel wieder ein. Mehr noch als die Tat seines Kindes hatte die eigene

Derbheit seine Liebe getötet. Das Bedürfnis, endlich er selbst zu sein, machte sich immer deutlicher bemerkbar. »Ich wollte zu hoch hinaus.« Sein Streben hatte seine Kräfte überstiegen. Von nun an würde er leben wie das einfache Volk. Er war geschaffen dazu. Sein Wahn war es gewesen zu meinen, es könnte anders sein.

Beherrscht vom unerträglichen Bild jenes Unbekannten, den er im Zimmer seiner Tochter gesehen hatte, empfand er ein schmerzliches Glück, sich der Entsagung entgegen treiben zu lassen. Er verdiente keine Liebe. Er verdiente es nicht, jemanden glücklich zu machen. Daß man ihn allein ließ, in Ruhe ließ, war alles, was er im Augenblick wollte. Er rief Nathalie herbei.

»Sie werden sagen, ich sei verreist, Sie wissen nicht, wann ich zurückkomme. Vor allem, lösen Sie die Kette nicht, wenn Sie mit ihr reden. Sie dürfen sie nicht hereinlassen.«

Antoine About ging für acht Tage weg. Bei seiner Rückkehr fragte er als erstes, ob Edmonde gekommen sei.

Nathalie antwortete, es habe mehrmals geklingelt, aber um ganz sicher zu gehen, daß sie seine Weisungen befolge, habe sie niemandem aufgemacht.

Antoine About empfand eine gewisse Unzufriedenheit, die er hinter den Worten verbarg: »Sie hätten aufmachen sollen. Vielleicht waren es Freunde.« Dann schloß er sich in sein Zimmer ein. Die Geräusche der Straße erinnerten ihn an die Vergangenheit, und er fühlte sich noch einsamer in der leeren Wohnung.

Im Laufe des Abends ging er in das Zimmer seiner Tochter und durchsuchte alle Möbel, wobei es ihm Spaß machte, die Schubladen aufzubrechen, deren Schlüssel er nicht hatte. Er fand Briefe, Visitenkarten, Einladungen. Er gewann den Eindruck, ein ganzes ihm unbekanntes Leben habe ihn umgeben. Seine gegenwärtige Einsamkeit war demnach nur die Fortsetzung einer anderen Einsamkeit. Vielleicht konnte er sich mit niemandem verstehen. Vielleicht war er der wahre Schuldige. Und ein Zweifel beschlich ihn, gegen den er sich nicht zu wehren vermochte.

Beinahe fünf Jahre vergingen bis zum Tag, als er das Telegramm seiner Tochter erhielt. Er hatte sich völlig verändert. Der Frisiersalon war seit langem verkauft. Abgemagert, zänkisch, den Rücken gebeugt, war er jetzt ein alter Mann. Der Kummer hatte zu einer beginnenden Leberkrankheit geführt. Bei der geringsten Erregung oder Verstimmung hinderte ihn ein Seitenstechen am Gehen. Dennoch verbrachte er seine Zeit damit, zu trinken und sich in zwielichtigen Cafés herumzutreiben, wo er mit Straßenhändlern und jungen Leuten, die nicht arbeiteten, würfelte und Karten spielte.

Er hatte ausgerechnet, daß ihm bei seinem Lebenswandel und mit seinen Spielschulden in drei, vier Jahren kein Geld mehr übrigbleiben würde. Es kümmerte ihn nicht. Er hatte jede Würde fahrengelassen, achtete nicht mehr auf sein Äußeres und trug immer fleckige, abgewetzte Kleidung, schmutzige Leibwäsche, abgetretene Schuhe. Oft ging er zu Bett, ohne sich auszuziehen.

Er war tyrannisch geworden und hatte alle Augenblicke Anfälle sinnloser Wut. Nathalie durfte sein Zimmer nicht mehr aufräumen und auch die Bettlaken nicht wechseln. Den Rest der Wohnung benutzte er nicht. Um sich zu rächen, denn in seinen Augen war sie für eine kinderreiche Familie bestimmt, wollte er nicht, daß man sie aufräumte. Wenn er am Salon oder am Eßzimmer vorbeiging, warf er manchmal altes Papier, Lumpen, Knochen hinein. Am nächsten Tag mußten diese Dinge am selben Ort liegen, sonst beschimpfte er seine Dienstmagd.

Sie brachte ihm seine Mahlzeiten aufs Zimmer. Er aß auf dem Bett sitzend, ohne sich darum zu kümmern, ob er etwas aus den Tellern verschüttete. Er gefiel sich in der tiefsten Erniedrigung.

Seltsame Leute suchten ihn auf, und kaum war die Wohnungstür geöffnet, steuerten sie sofort auf sein Zimmer zu, wo sie gar nicht erst anklopften. Es waren Kellner ohne Arbeit, Zuhälter, die ihn um Geld angingen, Straßenmädchen, die jedesmal irgendeinen Gegenstand mitnahmen.

Der Hausbesitzer hatte mehrmals vergeblich versucht, ihn hinauszuwerfen. Die Concierges grüßten ihn nicht mehr und weigerten sich, seine Post hochzubringen oder den Besuchern zu sagen, in welchem Stock er wohnte. Daher erwähnte er immer den Stock, wenn er seine Adresse angab.

Er fürchtete sich so sehr vor der Einsamkeit, daß er bereit war, Besuche zu empfangen, wann immer es war. Schon am frühen Nachmittag war er halb betrunken. Doch seine Trunkenheit hatte nichts von derjenigen eines Säufers. Er ging gerade, sprach klar, konnte beim Spielen die Karten unterscheiden. Es war, als beeinflusse sie einen zweiten Bereich seiner Sinne.

Sobald die Unterhaltung von den gewohnten Themenkreisen abschweifte, verstand er nichts mehr. Eine Art mit Unruhe vermischter Beklemmung schläferte sein Urteilsvermögen ein. Wie bei einem Tier waren all seine Bewegungen rein instinktiv. Er witterte etwas Ungewöhnliches. Mit seinen leeren Augen bat er unbewußt, man möge zu den gewohnten Themen zurückkehren. In keinem Moment war sein Verstand klar genug, daß er sich deutlich an die Vergangenheit hätte erinnern können. Er hatte alles vergessen. Er wußte nicht mehr, wer er war, wer er gewesen war.

Am Nachmittag des Tages, als er das Telegramm erhalten hatte, fragte er sich denn auch mehrmals, während er das Stück Papier aufmerksam untersuchte: »Was ist das? Ein Telegramm von welcher Tochter?«

Ganz tief in seinem Inneren gab es zwar eine gedämpfte Stimme, die es ihm erklärte. Doch diese Stimme war die gleiche, die seit Jahren zu ihm sprach und die er hartnäckig überhörte. Sie war um einiges lauter geworden. Geübt darin, widersetzte sich sein ganzes Wesen, ihr zuzuhören. Und es schien ihm am einfachsten, sie auszuschalten, indem er laut vor sich hin redete. »Von welcher Tochter? Sie sind verrückt, mir Telegramme zu schicken. Welche Tochter meinen sie nur?«

Er schenkte sich ein Glas Weißwein ein, das er in einem Zug leerte. Gegen das Licht, das allmählich in sein Hirn sickerte, kämpfte er wie ein Verzweifelter an. Er trank ein weiteres Glas Wein, zerknüllte das Telegramm. »Was soll denn das, diese Tochter?«

Dennoch schaute er sich gegen seinen Willen im Zimmer um, als könnte in wenigen Minuten jemand hereinkommen. In einer Ecke lag schmutzige Wäsche. Der Boden war mit Papier und Obstschalen übersät. In Anfällen von Wahnsinn hatte er mit den Schuhabsätzen alle Spiegel zertrümmert, die Tapete dort, wo sie sich löste, in langen Streifen heruntergerissen.

Vor dem Fenster hatte er an der Gardinenstange mit Hilfe von Nadeln und einer Schnur eine Decke befestigt, und zwar am selben Tag, als er auf dem Dach des gegenüberliegenden Hauses einen Ofensetzer erblickt hatte.

Gläser standen auf dem staubigen Kaminsims herum. In der Wand, neben der Tür, steckte eine lange Hutnadel. Mehrmals am Tag näherte er sich auf Zehenspitzen der Tür, und unvermittelt, mit einer abrupten Bewegung, stieß er die Nadel ins Schlüsselloch.

Wieder las er das Telegramm. »Welche Tochter meinen sie nur?«

Da zog sich sein Herz zusammen. Wie aus einem Nebel tauchte seine Vergangenheit auf. Er erinnerte sich an seine schwierigen Anfänge, an seine Frau, an alles, was er erduldet hatte. Schmerzliche Stunden zogen an seinem inneren Auge vorüber. Instinktiv verteidigte er sich. Statt sein Leben ungehindert Revue passieren zu lassen, hielt er bei jeder Erinnerung inne aus Angst vor der folgenden, die ihn vielleicht noch mehr schmerzen würde.

»Diese Tochter ist Edmonde, es ist Edmonde!« Je öfter er den Vornamen wiederholte, desto deutlicher nahm sie vor ihm Gestalt an, sie lächelte, dann lachte sie, dann konnte sie sich nicht mehr halten vor Lachen, oder ihr Gesicht wurde traurig, dann weinte sie, dann schluchzte sie. »Sie kommt zurück, sie kommt zurück, sie kommt zurück!« Und er begriff, daß sie zurückkommen würde.

Plötzlich ließ er die Arme in jener Haltung hängen, die er so gern vor seiner Frau und dann vor seiner Tochter eingenommen hatte, um ihnen begreiflich zu machen, daß er schutzlos war und auch, daß man über ihn zu Gericht sitzen konnte.

Ein Strahl von Frische glitt durch die erbärmliche Behausung. Ein kindlicher Ausdruck verjüngte sein verlebtes Gesicht. Es schien, als existiere das Elend seiner Umgebung nicht mehr. Sie kam herein, seine Tochter. Ihr Vater war ein alter Mann. Das erstaunte sie. Sie kam auf ihn zu, küßte seine Hände und stammelte: »Es ist meine Schuld ... es ist meine Schuld ... vergib mir! « Und er, der so tief gesunken war, damit an diesem Tag ein Wunder geschehe, wurde wieder ein Mensch.

Eine solche Wonne durchströmte ihn, daß er sich aufs Bett fallen ließ und in seiner ausgelassenen Freude die zerfurchten Wangen gegen die Decke rieb, während er stammelte: »Es ist vorbei ... Es ist vorbei! ...« ohne genau zu wissen, was vorbei war, doch mit dem Gefühl, in diesen Worten liege eine Größe, auf die er seine Gedanken zu richten versuchte.

»Es ist vorbei ... Es ist vorbei!« Jetzt wußte er, was vorbei war. Es war sein Verfall, sein Schmerz, gegen den er seit Jahren ankämpfte. Sie würde Mitleid mit ihm haben, wenn sie ihn in diesem Zustand sah. Er würde an ihrer Seite weinen. Diesmal würde eine große Liebe sie vereinen. Er, der sein ganzes Leben lang gegeben hatte, würde endlich empfangen. Er war alt. Sie würde ihn pflegen, würde bei ihm wachen. Ein Zauberleben würde beginnen.

Antoine About trank noch immer. Die Stunden waren endlos. Er hatte noch nicht einmal seine Toilette gemacht. Er wollte, daß sie ihn gleich vorfand, als wäre sie überraschend gekommen. Gegen sieben Uhr hatte er so viel getrunken, daß seine Gliedmaßen empfindungslos wurden. Er rief Nathalie herbei, versuchte, ihre Hände zu ergreifen, sie zu küssen, indem er sich an ihren Armen hoch tastete in einem Vorstoß, der ihm vertraut war.

Am Abend, wenn er betrunken war, duzte sie ihn, malträtierte ihn bisweilen sogar.

»Gib Ruhe, alter Knauser.«

Meist hörte er sie nicht. Diesmal hörte er ihr verzückt zu.

»Alter Knauser?«

»Ganz genau.«

»Nenn mich noch einmal alter Knauser.«

»Alter Knauser.«

Schließlich erinnerte er sich, was er seiner Dienstmagd hatte sagen wollen.

»Weißt du, meine Tochter kommt gleich. Wenn du aufmachst, sagst du, der alte Knauser sei da. Sag mir vorher nicht Bescheid. Laß sie sofort herein, wie die anderen.«

Er scharwenzelte um sie herum.

»Komm schon, nenn mich alter Knauser, gib mir noch schlimmere Namen.«

Nathalie entfernte sich. Er versuchte, sie zurückzuhalten. Sie stieß ihn grob zurück. Bevor sich die Tür schloß, rief er:

»Du wirst mich in ihrer Gegenwart alter Knauser nennen, nicht wahr? Das wird lustig sein.«

Antoine About legte sich aufs Bett. Er hatte sein Jackett ausgezogen. Eine Atmosphäre des Verfalls umgab diesen unrasierten Alten, der mit seiner aufgeknöpften Weste, seinen beschuhten Füßen auf den Decken, seinen hochgekrempelten Hemdsärmeln in einem Zimmer vor sich hin dämmerte, in dem es muffig und nach Wein roch.

Alle paar Augenblicke schreckte er hoch. Ihm schien, die Tür gehe auf und seine Tochter komme auf ihn zu. Er richtete sich halb auf, dann ließ er sich wieder zurückfallen. Erschöpft schlief er schließlich ein.

Er döste kaum eine halbe Stunde, als er im Schlaf hörte, wie man klopfte. Er öffnete die Augen. Eine elektrische Birne beleuchtete das Zimmer. Edmonde stand in der Türöffnung. Sie hatte geklopft, um ihn zu wecken. Hinter seiner Tochter, im Schatten, bemerkte er die Dienstmagd. Mit einem Satz stand er auf.

»Komm schon, Nathalie, worauf wartest du ... nenn mich alter Knauser ... beeil dich.«

Doch die Magd schwieg. Er ließ einen stumpfen Blick durchs Zimmer schweifen. Er kostete einen Moment lang seinen Verfall aus, dann verschwand alles. Er sah nur noch sein Kind.

»Bist du's?« fragte er.

Sie war dünner geworden. Sie war bescheiden gekleidet. Sie wagte keinen Schritt zu tun. Sie schaute das Zimmer voller Grauen an. Dieser Mann war also ihr Vater!

Er wartete darauf, daß sie auf ihn zukomme und sich ihm zu Füßen werfe. Doch sie rührte sich nicht.

»Das hier ist dein Vater. Aber ja doch, er ist es. Er hat sich verändert, nicht wahr? Er ist nicht mehr der gleiche.«

Unruhig lauerte er auf ein Zeichen des Mitleids auf dem Gesicht seiner Tochter. Er wartete darauf wie auf eine Erlösung.

Doch Edmonde blieb unbewegt. Sie hatte nicht

vergessen, daß sie sich früher für ihren Vater geschämt hatte. Die derben Worte, die er im Hotel gesagt hatte, tönten noch in ihren Ohren. Ihn in einem solchen Zustand vorzufinden, erstaunte sie nicht. Sie hatte bei Antoine About immer etwas gespürt, das sie nicht benennen konnte, das sie jedoch abstieß. Es waren wohl diese Vulgarität, diese Neigung zum Verfall, die bestimmt vor fünf Jahren schon existiert hatten, die sie aber noch nicht bemerkt hatte, weil sie zu jung gewesen war.

Ihren Abscheu überwindend, setzte sie sich in einen Sessel und stellte einen Stoffkoffer zu ihren Füßen.

Sie war kein junges Mädchen mehr, sondern eine Frau. Man ahnte, daß sie sich dem Willen eines Mannes gebeugt hatte, den Haushalt gemacht hatte, nähen konnte, daß für sie im Leben nichts Geheimnisvolles mehr lag. Nach fünf Jahren der Entbehrungen, eines gemeinsamen Lebens in Hotels und möblierten Wohnungen, hatte sie ihr Liebhaber vor kurzem verlassen. Da hatte sie daran gedacht zurückzukommen. Sie hatte einen langen Monat gezögert, bevor sie sich schließlich entschloß, das Telegramm abzuschicken.

Antoine About ließ sie nicht aus den Augen. Er gewann allmählich den Eindruck, diese Frau vor ihm könne nicht Edmonde sein.

»Sie ist es nicht ... sie hatte nicht solche Hände. Nein, sie ist es nicht.« Er musterte sie bald heimlich, bald ganz ungeniert.

»Edmonde«, sagte er leise.

Sie hob den Kopf. Da begann er zu schreien:

»Es ist meine Tochter, es ist meine Tochter!«

Er hatte auf ihrem Gesicht eben einen Ausdruck erhascht, an den er sich erinnerte. Doch dieser Elan war von kurzer Dauer.

Einige Sekunden später fiel Antoine About in einen Dämmerzustand zurück. Die Kälte seiner Tochter verletzte ihn. Sie wollte sich ihm nicht zu Füßen werfen. Sie wollte kein Mitleid haben mit ihrem Vater. Er dachte, daß nichts, nicht einmal ein Akt der Verzweiflung, sie rühren könnte. Ein tiefer Haß, der sich während all seiner Überlegungen stetig gesteigert hatte, weckte ihn plötzlich aus seiner Betäubung. Nicht zufrieden damit, ihn in den Abgrund gestoßen zu haben, kam diese Tochter ihm dorthin nach, damit er noch mehr litt. Unvermittelt stand er auf und begann mit irren Gesten zu brüllen:

»Geh weg ... geh weg ... ich will dich nicht mehr sehen. Du willst mich quälen. Du bist extra zurückgekommen. Ich durchschaue dein Spiel. Aber ich jage dich vorher davon. Geh zu deinen Männern zurück.«

Ein grausames Lachen entstellte seine Züge. Er

rächte sich an dieser Frau, in der er kaum sein Kind wiedererkannte, für alles, was er erduldet hatte. Er wollte sie schlagen, aber die Wut und der Alkohol ließen ihn taumeln.

Edmonde war aufgestanden. Sie hatte ihren Koffer ergriffen und ging instinktiv zur Tür.

»Geh weg, für immer. Laß mich, wie ich bin ... laß mich in meinem Dreck ... Oh, du wolltest, daß ich mich verändere! Aber nein, ich bleibe, wie ich bin. Mir gefällt es. Ich bleibe so.«

Antoine About stieß mit dem Fuß einen Stuhl an, hielt ihn mit der Hand zurück, stieß ihn wieder an, so daß er umfiel. Er beeilte sich, ihn aufzuheben, fiel darüber, stand wieder auf, hob den Stuhl noch einmal auf und hielt ihn an der Sprosse fest.

Plötzlich ließ er ihn los. Er schlug die Augen nieder. Er sah den Stuhl auf dem Boden liegen. Da ging er, noch immer schwankend, zum Bett, ließ sich der ganzen Länge nach fallen, krümmte sich dann in mehreren konvulsiven Bewegungen zusammen und zog die Knie so hoch wie möglich an, weil er meinte, er gleiche dann dem Stuhl.

Einen Moment lang verbarg er das Gesicht in den angewinkelten Armen und tat, als schlafe er. Dann hob er langsam den Kopf. Das Zimmer war leer. Bedächtig stieg er aus dem Bett, ging in die Diele, wo er mit reiner Stimme rief:

»Edmonde ... Edmonde ... mein Kind ... wo bist du?«

Niemand antwortete. Er ging von einem Zimmer zum anderen. Alle lagen dunkel da und stumm. Schließlich ging er in die Küche. Nathalie saß am Fenster und las ein Buch.

»Wo ist Edmonde?«

»Bist du noch nicht fertig? Geh ins Bett.«

»Edmonde, ich will Edmonde sehen.«

»Sie ist weggegangen.«

Antoine About drehte den Kopf nach links, nach rechts. Man ahnte, daß er sich Fragen stellte, daß er sich zu verstehen bemühte.

»Sie ist weggegangen?«

»Natürlich.«

Er neigte den Kopf, als wollte er ein Geräusch einfangen. Dann richtete er sich wieder auf. Er warf Nathalie einen flehenden Blick zu. Sein Gesichtsausdruck wechselte von einer Sekunde zur anderen. Seine Lippen zitterten. Plötzlich ging er auf die Magd zu und ergriff ihre Hände. Sie erhob sich, und noch ehe er Zeit gehabt hatte, eine weitere Bewegung zu machen, stieß sie ihn zurück. Er schloß die Augen, zwang sich zu lachen, wich zurück.

Als er bei der Tür war, legte er die Hand auf den Knauf, so, daß er sie bei der geringsten Bewegung der Magd schließen konnte, den Kopf im Türspalt schaute er sie dann lange an, allein um des Vergnügens willen, ihr jedesmal, wenn sie den Blick auf ihn richtete, für eine Sekunde einfältig zuzulächeln.

Mai 1927

Nachwort

Als sich Emmanuel Bove im Jahr 1923 auf der Suche nach einer Redakteursstelle bei einem bedeutenden Pariser Pressezaren vorstellte und von ihm gefragt wurde, wie er denn heiße, antwortete er, nicht ohne Selbstbewußtsein: »Ich habe noch keinen Namen.« Ein Jahr später gelingt ihm mit ›Mes amis‹ der literarische Durchbruch. Die Kritik ist sich einig: Schon der erste Roman, den Bove vorlegt, ist ein Meisterwerk, das einen ganz eigenen Ton anschlägt und keinem Vorbild, keiner literarischen Richtung zugeordnet werden kann. Es folgt eine Phase schier unglaublicher Produktivität. In den kommenden sechs Jahren veröffentlicht Bove nicht weniger als acht Romane, vier Erzählungen und zwei Erzählbände. 1928 erhält er (bei 406 Mitbewerbern) den höchstdotierten französischen Literaturpreis *Prix Figuière.*

»Mein lieber Kollege, ›Un père et sa fille‹ gehört zu den schönsten Büchern, die ich kenne. Es könnte von irgendeinem der größten Meister sein: Es ist von Ihnen. Seien Sie meiner tiefen Bewunderung versichert.« – Nicht nur der Dichter Max Jacob war von Emmanuel Boves Erzählung ›Un père et sa fille‹ so beeindruckt, daß er ihm im Juni 1928 diese Zeilen schrieb. Auch für die *Revue Mondiale* hatte sich Bove mit dem kleinen Buch in die Reihe der »interessantesten Schriftsteller der Gegenwart« eingereiht (Louis-Jean Finot am 1. 7. 1928), und in der Rezension des *Paris-Soir* vom 1. 8. 1930 taucht zum ersten Mal der Begriff *bovien,* »bovianisch«, auf, der heute fast zum geflügelten Wort geworden ist: Der Kritiker Noël Labord spricht darin von den *lois du monde bovien,* den Gesetzen der bovianischen Welt, in der das Glück keinen Einlaß findet ...

Ums Glück oder vielmehr ums verwehrte Glück geht es in Boves großer kleiner Erzählung, die im Februar 1928 in den Editions au Sans Pareil in einer limitierten Auflage von 700 Exemplaren erschien (kongenial illustriert mit acht Lithographien von René Ben Sussan) und nur einen Monat später, im März 1928, noch einmal von Fayard in der Reihe »Les Œuvres libres« gedruckt wurde.

Jean-Antoine About ist ein Mensch, der sich sein Leben lang für andere aufgeopfert hat. Von einem »Feuereifer« und einem grenzenlosen Wissensdurst beseelt, hat er sich vom kleinen Angestellten zu einem angesehenen Posten im Textilgewerbe emporgearbeitet – aber sein Engagement und seine guten Kontakte werden gegen ihn ausgelegt, er wird der Spionage für ein Konkurrenzunternehmen verdächtigt und vor die Tür gesetzt. Nach der Eröffnung eines Friseursalons hat er alle beruflichen Ambitionen fahren lassen und lebt nur noch für seine Familie, aber in dem Maße, wie er seine Frau mit Aufmerksamkeiten überschüttet und sie »durch seine Großzügigkeit, seine Nachsicht« an sich zu binden hofft, entgleitet sie ihm. Nach einer heftigen Szene kommt es zur Trennung. »Er stand plötzlich genau so schwach da wie zu Beginn seines Lebens, jedoch ohne Glauben.«

Abouts einziger Lebensinhalt ist fortan seine Tochter Edmonde, die er abgöttisch liebt und um derentwillen er alle eigenen Ansprüche und Bedürfnisse unterdrückt. Um seinen Beruf vor ihr zu verbergen, geht er sogar so weit, seinen Namen von der Tür seines Geschäfts entfernen zu lassen – ein Bovesches »Detail« par excellence, in dem der Autor das ganze Ausmaß der Selbstverleugnung seines tragischen Helden aufscheinen läßt. Es kommt, wie es kommen muß. Auch Edmonde beginnt, sich für einen Vater zu schämen, den die Liebe befangen gemacht hat und der in der ständigen Angst lebt, sein Kind durch seine bloße Anwesenheit zu kompromittieren. Als sie bei einem gemeinsamen Spaziergang von weitem Bekannte sieht, nimmt sie plötzlich Reißaus. »Er begriff alles. Seine Tochter schämte sich für ihn. Sie war davongelaufen, damit man ihn nicht in ihrer Gesellschaft sah. Er ging weiter, ohne etwas zu sagen, doch eine tiefe Traurigkeit erfüllte ihn. Kein Vorwurf kam über seine Lippen. Statt gekränkt zu sein, ärgerte er sich über sich selbst, daß er seiner Tochter so lästig war. Er nahm sein Los mit einer schmerzlichen Ergebenheit hin und bemühte sich nur um eines: seinen Schmerz zu verbergen. Dennoch trieb ihm eine große Bitterkeit Tränen in die Augen. Für dieses Kind hatte er alles getan. Jahrelang hatte er nur für ein einziges Ziel gelebt: es glücklich zu machen. Es war das gleiche gewesen mit seiner Frau. Und doch war ihm niemand dankbar dafür. Er konnte nicht mehr.«

Noch einmal verbirgt About seinen Schmerz, als Edmonde die gemeinsame Wohnung verläßt und in eine Pension in der Nähe zieht. Doch als er sie dort mit einem Liebhaber überrascht, kommt es zu einer Szene, in der all die Wut und Verzweiflung, die er in sich unterdrückt hatte, hervorbrechen, in der er »in einem Augenblick zerstört, was er in Jahren aufgebaut hatte«. Um seinem Schmerz zu entfliehen, darf er sich selbst nicht mehr spüren. Er »mußte sich nur langsam dem Verfall entgegen treiben lassen, all seine Ambitionen und all seine Träume vergessen, nur noch ein einziges Ziel anstreben: der letzte der Menschen zu sein«.

Als Edmonde nach fünf Jahren ihre Rückkehr ankündigt, flackert noch einmal die Hoffnung in ihm auf, von seiner Tochter geliebt und verstanden zu werden – doch vergebens. Mit einer letzten Szene, in der er sich wie ein Wahnsinniger gebärdet und zur tiefsten Selbsterniedrigung herabläßt, macht er jede Möglichkeit einer Versöhnung zunichte.

Nachdem sich Bove mit ›Mes amis‹ und ›Armand‹ einen Namen als Biograph einsamer Schicksale gemacht hatte, beginnt im Jahr 1927 eine Schaffensphase, in deren Zentrum der Kosmos der Familie steht. Die literarischen Arbeiten dieses Zyklus umkreisen die Beziehung zwischen Mutter und Sohn (›La Coalition‹, 1927), Vater und Tochter (›Un père et sa fille‹, 1928), Eltern und Tochter (›Une Fugue‹, 1929), Mann und Frau (›Journal écrit en hiver‹, 1931) und Stiefmutter und Stiefsohn (›Le Beau-Fils‹, 1934). In einer Gegenbewegung zur eigenen Vita, in der ihm der soziale Aufstieg zum anerkannten Schriftsteller gelingt, verarbeitet Bove, der 1898 als Sohn eines mittellosen russischen Emigranten und eines luxemburgischen Dienstmädchens in Paris geboren wurde, das Trauma seiner eigenen Familiengeschichte: die unzähligen Wohnungswechsel und Vertreibungen, die finanzielle und moralische Misere der Eltern, die Heimatlosigkeit, Einsamkeit und Verbitterung.

In der Erzählung ›Un père et sa fille‹, die er unmittelbar nach Beendigung seines großen Romans ›La Coalition‹ schreibt, hat Bove das tragische Schicksal zweier Menschen, die nicht zueinander finden können, in meisterhafter Weise verdichtet. Der kaum hundert Seiten umfassende Text, in dem der Autor die glühende und sich schließlich selbst verzehrende Liebe eines Vaters zu seiner Tochter vor unseren Augen erstehen und ersterben läßt, entfaltet eine geradezu unheimliche Suggestionskraft, die den Leser von der ersten Zeile an in ihren Bann zieht. Dabei sind es gerade die scheinbar unbedeutenden Details, die bei Bove eine zentrale Bedeutung haben: Die zwei Rahmen ohne Photographien, die About in Edmondes Zimmer hängen läßt, sind Relikte der verblassenden Erinnerung an seine Tochter, die zertrümmerten Spiegel in der Wohnung Chiffren der Selbstaufgabe eines Verzweifelten, der vor sich selbst entfliehen will, und auch den Namen seines Protagonisten hat Bove mit Bedacht gewählt. Jean-Antoine About ist ein Mensch, der – in seiner Selbsterniedrigung wie in seiner Zerstörungswut – stets bis zum äußersten *(à bout)* geht, und der grausame Wunsch, »der letzte der Menschen zu sein«, ist nichts anderes als der Ausdruck eines namenlosen Schmerzes, der ihn am Ende zum Narren werden läßt.

Emmanuel Bove hat sein literarisches Werk als episches Ganzes im Sinne des Œuvre von Proust und Balzac verstanden. Was die Figuren seiner ›Comédie humaine‹ im Innersten zusammenhält, ist ein Gefühl abgrundtiefer Einsamkeit und Entwurzelung, das Bove von frühester Kindheit an erfahren hat. Er schreibt, um sich von der Vergangenheit zu befreien; indem sie zur Quelle seiner literarischen Inspiration wird, soll sie ihre Bannkraft verlieren. Doch wäre es allzu einfach und völlig falsch, sein literarisches Werk auf die autobiographischen Linien zu reduzieren, die es durchziehen. Worauf es in seinen Texten ankommt, ist nicht die Handlung, der »plot«, sondern die Art und Weise der Wahrnehmung. Bove ist ein Meister der genauen Beobachtung, ein hervorragender Physiognomiker mit dem Sinn für das »treffende Detail«, den sein Bewunderer Beckett später hervorgehoben hat. Mit messerscharfer Aufmerksamkeit beobachten seine Figuren sich und ihre Umgebung – noch die kleinste Geste, jedes Wimpernzucken, hat eine eminente Bedeutung. Aber wie Kafka, so beschreibt auch Bove das Ungeheuerlichste, als wäre es das Normalste, und der nüchtern-sachliche Ton, der dabei angeschlagen wird, macht die Beklemmung um so drückender. »Roman begonnen. Ich habe 5 Zeilen geschrieben, aber ich glaube, den Ton gefunden zu haben«, heißt es im Oktober 1936 in Boves Tagebuch. Dieser Ton ist es, der Bove heute seinen unbestrittenen Rang als großer Außenseiter der französischen Moderne sichert.

Bettina Augustin